oscar coop-phane

DEMAIN BERLIN

finitude

2013

première partie

L'éloignement des peines

I

Tobias n'est pas très grand. Il est brun. Il a une voix de folle et de petit garçon, comme s'il n'avait jamais guéri de son enfance. Il peut être excessivement calme, mais la plupart du temps, il s'agite comme un bon animal, pour fuir ses papillons noirs.

Il n'aurait pas pu vivre sans béquilles. Alors même si ça l'abîme, même si ça le détruit doucement, ça vaut mieux que de mourir tout de suite, noyé dans la Spree ou pendu à une ceinture.

Ce n'est pas qu'il n'a pas le courage de vivre, mais plutôt, qu'à force de se faire battre, il n'est plus fait pour ça. Les drogues le sauvent comme elles en tuent d'autres. Une destruction lente guidée par son instinct de conservation. Ça empêche le passage à l'acte, le coup définitif et brutal qu'il se lâcherait sur la nuque.

L'enfance de Tobias a le tragique des faits divers. Son oncle l'a déchiré ; des années de souffrance que personne ne voulait croire. Dès qu'il allait à Cologne, c'était la même histoire, il savait que l'Oncle le serrerait entre ses bras forts, qu'il en reviendrait un peu plus brisé. Mais il n'en parlerait pas, on ne l'avait pas cru la première fois ; il était temps de se taire et de serrer les gencives. Ce ne serait qu'une semaine entre ses mains ; il finirait par rentrer chez son père ; on ne s'occupera pas de lui mais on ne lui fera pas mal. Il retournera à l'école, éloigné de l'Oncle jusqu'aux prochaines vacances. Quelques mois de tranquillité.

Tobias n'a jamais aimé les vacances.

On ne savait pas trop quoi faire de cet enfant qui à sept ans avait déjà essayé de se tuer, la tête dans le lavabo. On l'a envoyé chez sa mère, bien loin de l'Allemagne paternelle, à New York.

L'Oncle est mort à ce moment-là, quand on l'avait enfin éloigné de lui, quand Tobias commençait à être en âge de se défendre. Les contretemps de l'existence.

Aux États-Unis, la mère était aimante comme une mère peut l'être sur le tard. Les dés étaient jetés, l'enfance avait laissé ses marques. Elle ne savait pas bien comment s'y prendre avec ce fils qui doucement devenait adulte. Elle ne savait pas où placer sa tendresse. Elle sentait que Tobias était brisé déjà, sans se l'expliquer. Alors, avant de partir travailler dans son aéroport, elle lui laissait toujours sur la table de la cuisine quelques billets et un bon plat à réchauffer, délicatement enveloppé d'aluminium. Elle ne savait pas quoi faire d'autre. De temps en temps, elle l'emmenait au cinéma.

Tobias parlait peu, comme s'il n'en avait pas éprouvé le besoin.

Tous les jours, il fallait se lever, aller à l'école, parler anglais, jeter délicatement le plat préparé dans la poubelle de l'immeuble pour que sa mère ne retrouve pas les restes, s'acheter un hot-dog ou une part de pizza au coin de la rue avec les dollars de la table de la cuisine.

Il marchait sur les trottoirs, puis il rentrait. Il attendait sa mère.

Discuter un peu de sa journée, manger encore et dormir, comme seule gratification.

Il survolait les gestes comme il accomplissait son existence.

Tobias était seul, mais surtout, il s'ennuyait.

Il aurait pu choisir les livres ou la musique. Il a choisi les stupéfiants. Peut-être parce qu'on lui en a proposés, peut-être que ça répondait plus à ses exigences. On croit qu'il y a du risque, que l'on va vivre en dehors des autres, comme si une nouvelle partie du monde nous attendait.

Il a découvert des sensations inconnues, la perte de l'ennui, un plaisir chaud qui l'enveloppait de toute sa douceur. Il rencontrait des gens un peu comme lui, un peu différents pourtant. On l'aimait bien le petit nouveau, plus jeune que nous, assez drôle, toujours prêt à rendre service.

Car avant tout, Tobias cherche à vous faire plaisir. Ça passe par la came ou par la bouffe, par des cadeaux ou par des lettres.

Il n'a pas la drogue solitaire, c'est pour lui quelque chose que l'on partage comme de l'amour. On jouit ensemble, à l'écart des autres. Plus que la drogue, Tobias aime les drogués. C'est avec eux qu'il s'isole. On a nos petites habitudes, une vie bien rangée, une vie de petit-bourgeois, à la maison, autour du miroir. On ferme les rideaux, on est entre nous, bien casaniers. Les vieilles filles de la défonce se retrouvent et elles papotent ; toujours les mêmes visages — on pose bien loin de ceux qui n'y croient pas. Il faut les fuir comme la peste les inintoxiqués.

Il est entré dans le cercle ; il n'a jamais pu en sortir, peu importe où il s'asseyait. Toujours ce petit cercle-là, le monde clos de ceux qui croient vivre plus fort.

Lorsqu'il a eu vingt ans, il est venu rejoindre sa

sœur à Paris. Ils n'avaient presque jamais vécu ensemble. Quand Tobias a été envoyé à New York, la sœur, de trois ans son aînée, a écopé de la France, chez le grand-père. Quand on ne sait plus quoi faire, on écartèle les familles.

Même s'ils ne se connaissaient plus, il y avait entre eux cette force qui battait, le sang ou les souvenirs d'enfance, on ne saurait trop le dire. Plus que pour la retrouver, il est venu se sevrer. Elle n'en savait rien ; elle l'a accueilli sans un mot, comme un frère.

Encore une nouvelle langue et de nouvelles rues à parcourir. Tobias s'est construit dans le déracinement. Il se sentait plus Américain qu'Allemand. Peut-être que la France, bientôt, lui conviendrait.

Ils habitaient un petit appartement de la rue Campagne Première. Tobias dormait sur le canapé — c'est une habitude qui ne l'a pas souvent quitté. Tous les jours, la sœur partait travailler. Tobias n'y comprenait pas grand-chose ; au téléphone, elle parlait de réunions clients et d'intérêts à protéger. Le soir seulement, il l'attendait, comme il l'avait fait avec sa mère toutes ces années.

Ils menaient une vie paisible. La journée, Tobias découvrait la ville nouvelle. Il apprenait le français, il marchait dans les rues. Puis, parce qu'il ne savait quoi faire d'autre, il préparait le dîner. Le week-end, on allait au cinéma.

Tobias pensait à la drogue. La vie sobre avait quelque chose de fade. Il n'en parlait pas. Sa sœur sentait bien qu'il y avait une parcelle de brisée en lui puis, comme c'était venu, elle n'y pensait plus.

Elle a rencontré Stéphane ; il travaillait avec elle ; des amours de machine à café. Ç'a vite été compliqué pour Tobias de se sentir comme un frère au milieu d'un couple. On s'est lassé des sorties à trois, du petit frère dépressif qui dormait sur le canapé, de ce gentil garçon qui, en dehors des repas qu'il préparait, n'avait pas l'air d'entreprendre grand-chose pour dépasser le vide de son existence.

Tobias énervait Stéphane par sa mollesse. Bon dieu, c'était un homme maintenant, il fallait qu'il travaille, qu'il trouve un appartement. On ne reste pas sur le canapé de sa sœur toute sa vie ; on ne prépare pas des potages comme une bonne-femme entretenue. Allez mon petit vieux, du nerf. Il faut se battre avec la vie, monter les échelons. Après on s'installe au coin du feu, mais avant il y a la course. Et on transpire, on s'essouffle et on transpire. Tu connais Paris maintenant, tu sais comment ça marche. Trouve-toi une place. Bouge-toi les muscles. Tu te feras bouffer sinon. Si on ne se débat pas, on se fait bouffer. Une petite proie bien tranquille allongée sur son canapé. Je connais des gens, on va te trouver une place. Mais si t'as pas envie, je peux rien faire. C'est la guerre fiston. C'est la guerre, si tu cours pas, on te canarde. Évite les trappes, saute dans les trous et rampe. C'est pas trop tard, tu peux t'y mettre. Je te dis ça parce que je t'aime bien. Et j'aime ta sœur. Et tu vois, t'avoir entre nous deux, ça nous sépare. J'ai pas envie de ça. Faut que tu fasses ta vie maintenant. T'es un homme, sers-toi de tes jambes. Il faut courir. On s'essouffle et on transpire — on s'essouffle et on transpire.

Aller, maintenant on va goûter ce que t'as mijoté aujourd'hui. T'es un bon garçon. Je t'aime bien tu sais. Et j'aime ta sœur.

Stéphane dégoûtait Tobias comme il l'attirait. Il avait l'air si fort, comme si les peines glissaient sur sa peau. Non, les malheurs de la vie n'avaient pas d'emprise sur Stéphane. Il se tenait debout, fier comme un grand gaillard, le soldat aux cheveux courts. Tobias c'était le réformé de vocation, le pied-bot de l'existence. Il lui fallait des béquilles pour faire son chemin.

Et, puisque c'est toujours le soldat qui l'emporte, Tobias a dû se lever du canapé. Il a trouvé une petite mansarde rue des Écoles, une place aussi dans un café du boulevard Michel.

Au début, ils se foutaient bien de lui, les collègues. Tout efféminé, comme s'il était pédé. Ça oui, il l'était, mais il ne pouvait pas leur dire.

Il ne savait pas bien quoi leur raconter. C'étaient des

hommes comme Stéphane. Aguerris contre la vie, fiers de leur costume et de leur assiette. Et ils parlaient des mignonnes qu'ils baisouillaient et Tobias se sentait seul. Il travaillait, il s'emmerdait. Un quart Vichy et deux cafés ; l'addition pour la huit ; un crème et deux chocolats ; l'addition pour la huit, l'addition pour la huit.

Et tous les jours il enfilait son gilet noir tout plein de poches pour mettre les pièces, il portait son plateau en alu, il décapsulait des Ricqlès et des Cacolac. Il gagnait plutôt bien sa vie, ses heures et les pourboires, payé le jour même et en liquide s'il vous plaît. Il comprenait vite, il travaillait fort. Alors, les collègues ont commencé à bien l'aimer, même s'il ne venait jamais boire des coups après le service.

Une fois pourtant, il est venu. On avait passé une sale journée. Parce qu'ils étaient tous venus se jeter des cappuccinos avec des minettes. Tous ceux qui ont l'air de ne jamais travailler.

À la fin du service, on allait dans un autre rade rue d'Assas. Le patron ne faisait pas payer et on pouvait espérer cueillir une mignonne. Et là c'était Picon bière et cocaïne. Alors Tobias a remis une paille dans son nez ; bien loin des copains de New York, avec les collègues, mais toujours pour se sentir vivre, pour ne plus y penser, pour se sentir fort comme Stéphane.

Ils se sont bien poilés ce soir-là, rue d'Assas.

Il était un peu retombé mais il ne s'en souciait pas. Il avait enfin quelque chose à partager avec les collègues, avec Maurice, Paulo et Gégé. Il se sentait appartenir à un groupe et bon dieu ce que c'était bon ! La vie s'écoulait comme ça, entre la mansarde de la rue des Écoles et le troquet du boulevard Michel, au rythme de ses prises.

Dans l'immeuble de la rue des Écoles, escalier C, au dernier étage, celui des mansardes et de la misère, là où on chie tous ensemble, sur le palier, Tobias s'était lié d'amitié avec son voisin le plus proche.

Jérôme n'avait pas l'air de travailler. Il se levait tard, il écoutait de la musique. Tobias l'entendait bien, à travers les murs, pendant ses jours de repos. Cet homme-là avait une vie bien différente ; on sentait qu'il avait du temps et des plaisirs.

Peut-être grâce au rapprochement des cloisons, Tobias et Jérôme sont devenus amis. Ils buvaient des verres ensemble, chez l'un ou chez l'autre. Pour la première fois de sa vie, Tobias parlait à cœur ouvert — pour la première fois aussi, on l'écoutait.

Un soir, alors qu'ils buvaient de la grappa, Tobias a proposé un peu de cocaïne à Jérôme. Il a un peu hésité, puis il l'a fait comme ça, « si tu veux, j'ai un petit remontant, on en prend au boulot ». Jérôme a bien rigolé, « ah ! si j'avais su que t'étais là-dedans. Aller, offre-moi un trait, après c'est mon tour. » Oui, il a bien rigolé, la cocaïne, c'était son gagne-pain.

Ils ont prisé toute la soirée, ils ont dansé un peu au rythme du tourne-disque de Jérôme, ils ont parlé vite, comme s'il y avait urgence à déplier toutes les pensées qui leur arrivaient au crâne en torpilles.

Les soirées grappa sont devenues soirées coco, chez l'un ou chez l'autre, à discuter, comme avant.

La came de Paulo et de Maurice était bien dégueulasse comparée à celle de Jérôme. Un jour, Tobias leur a fait goûter au boulot. Pas photo, c'était de la bonne. On ne sent plus ses dents, on a plein d'idées, on n'est plus fatigué de vivre.

Tobias et Jérôme se sont associés. Rien qu'au bistrot du boulevard, il y avait de quoi vendre.

Pour Jérôme, tout ça c'était provisoire. Il voulait partir loin de sa mansarde, à Montevideo, rejoindre la seule femme qu'il avait aimée. Il en parlait tout le temps. Ah, bientôt finie cette vie-là ; le soleil et Luisa, une petite affaire qu'ils monteraient tous les deux, le goût de la liberté qui lui remontait dans la gorge. Mais il fallait payer le billet d'avion et puis de l'argent pour là-bas, histoire de ne pas arriver les poches vides.

Luisa, il ne l'avait vue qu'une semaine avant qu'elle ne retourne dans son pays. Mais tout de suite, il l'avait su, cette femme-là, il l'épouserait.

Pas de Luisa pour Tobias, mais ça lui plaisait bien de gagner un peu d'argent — peut-être qu'un jour il pourrait déménager.

C'était facile. Jérôme s'occupait de l'acheminement — il avait des contacts — puis les clients réguliers, ceux qu'il voyait depuis longtemps. Tobias fournissait le café du boulevard, mais seulement les collègues ou les buveurs qu'il connaissait — fallait pas se faire pincer non plus.

Mine de rien, ils brassaient du monde tous les deux. L'argent rentrait vite. Le boulot n'était pas désagréable, quelques poignées de main et autant de drogue qu'on voulait, comme si on n'avait jamais pu la finir. Tobias travaillait moins au café du boulevard. De temps en temps il voyait sa sœur. Elle allait épouser Stéphane. Ils voulaient des enfants.

Puis, comme Tobias n'avait pas de Luisa, Jérôme a décidé de lui en trouver une. Ça suffisait d'être seul, comme ça, tout le temps.

Tobias a eu bien du mal à expliquer à Jérôme qu'il aimait les garçons, que c'était un Louis qu'il lui fallait. Mais Jérôme, ça ne lui posait pas de problème. Lui, par exemple, il aimait les deux, les filles et les garçons.

Alors, il a emmené Tobias dans les bars homos. C'est un nouveau monde qui s'est ouvert, celui du sexe facile et brutal ; la défonce, les corps humides, ces mains qui le touchent et qui l'agrippent, comme ça, dans tous les coins ; des sexes droits et des bras forts.

Ils vendaient un peu de cocaïne là-bas, mais surtout, ils baisaient jusqu'à n'en plus pouvoir ; ils prenaient les sexes et les culs à en vomir.

Tobias se sentait calme. Dès qu'il s'ennuyait, il filait dans ces bars-là ; on le reconnaissait, il adhérait au milieu. Une ambiance un peu secrète, le sentiment d'appartenir à une scène et surtout la rage qu'il expulsait au milieu de tous ces corps dénudés, remonté à bloc pour assouvir ses plaisirs — oui, tout ça, l'ambiance, le sentiment et la rage, lui donnaient comme de la sagesse, la sagesse de l'homme calme. C'est dans ces bars puants, saturés de violence, de transpiration, de brutalité et d'amours que Tobias a découvert que les autres pouvaient le réjouir, qu'il n'y avait pas que la défonce pour faire frétiller son âme. Les autres, les corps pouvaient aussi y participer, à l'usage des plaisirs.

Sa vie commençait à lui plaire. Il avait cette impression étrange, comme au retour d'un voyage — on sent qu'on est changé, on voudrait tout raconter, mais les mots ne viennent pas, les autres ne comprendraient pas. Il se sentait vivre pour quelque chose. Peu importe que ce soient les culs et la défonce, il avait trouvé une place, un fauteuil où s'asseoir. Il se sentait légitime parmi les autres. Oui, il devait s'asseoir sur ce coussin-là, personne ne lui reprocherait. C'est un sentiment incroyable que de savoir que l'on a trouvé son espace. Il est là, on le touche — pas du bout des doigts, non, à pleine main, puisqu'il nous appartient.

Les jours coulaient vite, dans les bars à partouze, au café du boulevard, dans sa mansarde. Il empoignait des sexes, il portait un plateau, il préparait des petits sachets de cocaïne. Il aimait être seul devant la balance digitale. Un bon tas à sa gauche, un couteau et des morceaux de plastique. On fait un gramme, toujours un peu moins — c'est les affaires. On ferme le plastique avec son briquet. Et cette petite boule-là, c'est tout de suite l'argent qu'elle représente. On fait des calculs, on est à l'abri. On a plein de petites boules en plastique, on les mettra dans sa poche et on les vendra. C'est la matière première.

Ah que c'était bon de payer son loyer sans s'en soucier, de boire les verres qu'il voulait, où il voulait, de s'acheter des cigarettes sans compter les pièces.

Bientôt, il n'a plus travaillé au café du boulevard que les week-ends. Le vendredi et le samedi, c'est là qu'il y avait le plus de clients pour les petites boules en plastique. À la fin du service, il allait faire un tour rue d'Assas avec Maurice, Paulo et Gégé. Il prisait un peu avec eux et puis là-bas, il y avait d'autres clients, c'était encore de l'argent qui rentrait — comme les cailloux de Molloy, il plongeait les billets dans sa poche gauche, il sortait une boule en plastique de sa poche droite — un cycle éternel. Il avait aussi l'impression de leur faire plaisir ; il vendait un peu de bonheur. N'en prenait-il pas, lui, de ce bonheur-là, autant qu'il pouvait ? Il partageait ça avec eux, la petite excitation artificielle, le réveil de l'âme. Ah, il aurait voulu être comme ça tout le temps, sans avoir à se coller une paille dans le nez.

Un lundi soir, dans un des bars à partouze, il a rencontré Victor. Ils ont baisé furieusement. Seulement, cette fois-ci, avec Victor, il était rassasié. Il n'avait pas besoin d'aller voir d'autres culs, de se faire pénétrer par d'autres sexes. Il était comme rempli de Victor. Ça lui suffisait. Leurs corps se complétaient comme s'ils avaient pu parler entre eux, comme si cette aisance les dépassait.

Victor avait trente-cinq ans, une dizaine d'années de plus que Tobias. Ils ont échangé leurs noms. Tobias n'avait pas de téléphone ; il a noté le numéro de Victor.

Ils se sont séparés en s'embrassant timidement devant le bar où ils s'étaient rencontrés, comme s'ils avaient voulu recréer la gêne d'une rencontre moins brutale, comme s'ils n'avaient pas déjà baisé dans ce bar puant, saturé par les corps.

— Tu m'appelleras ?
— Oui. Il faut que tu attendes un peu.

Le jour se levait. Il faisait froid, mais d'une manière agréable. Tobias fumait. Il marchait lentement — il était transporté. Alors qu'il rentrait chez lui après cette nuit particulière, on pouvait voir, en observant bien son visage, un mince sourire se dessiner sur ses lèvres. Pas un sourire d'ivrogne, non, quelque chose du bonheur que l'on approche. On le sent, il est là ; on pourrait presque le toucher, le bonheur de l'envoûtement.

Un petit sourire nostalgique. Et il le sentait creuser ses joues ; il se regardait marcher dans les rues, la silhouette seule, mais déjà comme si Victor lui manquait.

Il était presque sept heures quand Tobias arriva rue des Écoles. Tout au long du trajet, le petit sourire ne l'avait pas quitté. Il retomba d'un seul coup quand, au pied de son immeuble, il aperçut Jérôme, menotté, se faire conduire dans un fourgon de police.

Leurs regards se sont croisés. Jérôme lui a fait comprendre qu'il fallait qu'il s'en aille. S'il le rejoignait, ça ne changerait rien. Ils tomberaient tous les deux, et après ?

Tobias a obéi. Il est passé une dernière fois devant

l'immeuble et il a continué à marcher. Il a continué, c'est tout.

II

Armand est sympathique. Qu'on l'aime ou non, c'est en général ce qu'on pense de lui ; un looser sympathique, aux jeans trop courts, aux cheveux emmêlés. Il traîne son corps dans les bars pour décrocher le regard d'une mignonne. Armand dit vouloir être peintre ; il y travaille un peu, tous les matins. Il cherche, dans la rue, des planches de bois ou des panneaux de signalisation. Il aime avoir des taches de peinture sur les mains, sur les bras ou sur les jambes ; c'est comme une preuve de son activité. Il aime aussi l'idée qu'il travaille la matière, un pied dans le réel, l'autre dans la création. C'est le côté physique du moment où l'on peint qui lui plaît ; sans cela, il aurait peut-être voulu écrire.

Il joue de la boîte à rythme. Il mange peu. Il fume beaucoup en revanche. C'est rare de ne pas croiser Armand un mégot accroché aux lèvres. Ça ne colle pas avec son allure, cette cigarette éteinte qu'il mâchouille du coin de la bouche. Armand est jeune ; il est plutôt beau. Il a quatre mobylettes ; un jour, il achètera une moto. Et alors, enfin, il sera libre ; il roulera dans le désert, sans foi ni loi, un drapeau américain tatoué sur l'épaule.

À seize ans, il est parti de chez sa mère, pour vivre avec une fille qu'il aimait, comme il le disait, plus que la vie. Il le croyait sincèrement.

Elle lui avait envoyé des mails sans qu'il sache que c'était elle. Il la voyait, aussi, dans la cour de son lycée, en espérant que ce soit elle.

Les mails étaient drôles ; tous les soirs, il fallait y répondre, trouver quelque chose de neuf. Bon dieu, cette fille n'était pas comme les autres ; à coup sûr, elle lui conviendrait. Il avait peur. Il y avait aussi la grande blonde qu'il regardait devant le lycée quand elle fumait sa Dunhill matinale.

Ah, si ça pouvait être la même, celle des mails et la blonde aux Dunhill. Mais non, ça ne pouvait pas être la même, ce serait trop beau, et la vie n'est pas belle ; on trébuche, on se viande, le cul sur le lino.

Dans les mails, ils ont parlé de se rencontrer. Il savait qu'elle était dans son lycée, qu'elle avait un an de plus que lui, mais il y en avait tant, des filles de terminale.

C'était convenu ; ils se verraient à cette soirée puante organisée par le comité des élèves, dans une boîte de nuit, place de la Madeleine. Armand devait y passer des disques et jouer un peu de boîte à rythme. Elle lui parlerait ; elle savait, elle, qui il était.

Armand était un peu ivre quand il arriva à la soirée. Elle était là, la grande blonde, au téléphone, devant la porte. Mais non, ça ne pouvait pas être elle — des filles en terminale, il y en avait des dizaines. Allez, on verrait bien.

Armand entra dans la boîte. Il était fier de porter un gros sac de vinyles. Il se concentrait sur cet accessoire pour oublier la peur qu'il avait de rencontrer la fille qui lui écrivait.

Il dit bonjour à ceux qu'il connaissait bien, puis il se dirigea vers la cabine, là-bas, où l'on passait les disques. Il fallait monter un petit escalier en colimaçon puis on y était, dans la cabine haute, la petite boîte aux deux platines d'où l'on surplombait la piste de danse. Il voyait le haut du crâne de tous ses camarades ; il allait lancer la boîte à rythme, il allait les faire danser.

Il a fait tourner les disques qu'il aimait bien. Ç'avait l'air de prendre ; du haut de sa petite cabine, il voyait les têtes et les bras s'agiter de façon mécanique. Deux filles sont montées par le petit escalier en colimaçon ; elles lui ont glissé un mot sans qu'il aperçoive leurs visages.

Mon premier est de sable. Mon deuxième porte bien son nom. Mon troisième est l'ennemi du laid. Je bois mon quatrième le matin. Mon tout est collé sur le bas de mon visage.

Il fut ému en lisant le petit morceau de papier. Enfin, il voyait son écriture, la vraie, avec des lettres tracées de sa main et non plus les froids caractères de l'ordinateur. Il ne comprit pas la charade tout de suite ; qu'est-ce qu'elle pouvait bien avoir de collé sur le bas du visage ?

Mais si, c'est ça, un grain de beauté. Grain. Deux. Beau. Thé.

La blonde, elle en avait un de grain de beauté sur le menton ? Il ne savait pas, il ne l'avait vue que de loin. Il fallait arrêter de penser à la blonde aux Dunhill. Si c'était une autre, il la prendrait quand même, il avait besoin d'une mignonne.

Lorsqu'il eut fini de passer des disques, il est descendu sur la piste de danse. On lui a parlé, certains même, lui ont fait des compliments. Il ne les écoutait pas, il fumait, en cherchant le grain de beauté.

Finalement, elle est venue le voir, la jolie blonde. Ils se sont serré la main. Ils ont convenu d'un café le lendemain. Puis elle est partie, sans se retourner.

Armand s'est endormi heureux ce soir-là. C'était elle ; demain, ils boiraient un café.

Au bistrot, ils ont parlé de Matthew Barney et d'anarchie. Armand a réussi à prononcer le mot anthropomorphisme. Il était fier. Plus tard, Emma lui a avoué que ça l'avait impressionnée.

Ils ont beaucoup fumé, lui des Craven et elle, des Dunhill ; ils ont bu trois cafés chacun. Ils étaient un peu gênés, mais la conversation tournait ; il y avait comme une urgence à déplier ce qu'ils voulaient dire.

Pendant un mois, ils se sont vus, comme ça, au bistrot, sans se rapprocher d'une autre manière, la manière amoureuse. C'était convenu pourtant que ça devait se passer, qu'il fallait qu'ils s'embrassent.

Armand avait peur. Emma estimait que ce n'était pas à elle de se lancer. Que se passerait-il après, quand ils seraient prêts à s'aimer ? Cette histoire de couple effrayait Armand, et pourtant, c'est ce qu'il désirait le plus.

Un jour, comme bien des fois auparavant, ils se sont séparés dans le métro, dans les couloirs de Montparnasse, elle devant la ligne 9, vers le petit appartement de La Muette (faute à moitié pardonnée : « j'ai vraiment une tête à habiter La Muette ? ! ») qu'elle habitait seule, au-dessus de chez sa grand-mère, — et lui, devant la 12, vers le trois-pièces maternel de la rue de la Convention. Sans s'embrasser, une fois de plus, ils ont pris chacun leurs couloirs, vers cette vie banale où ils n'étaient plus ensemble.

Armand avait faim. Sur le quai de la ligne 12, il a voulu acheter des bonbons au distributeur automatique. Il a glissé sur une mauvaise touche, des madeleines sont tombées. Armand ne voulait pas s'avouer vaincu. Il a pris une autre pièce ; il a appuyé sur la bonne touche. Le métro est passé à ce moment-là. Il prendrait le prochain, il voulait des bonbons.

Il s'est appuyé contre un de ces petits bancs en hauteur où les clochards ne peuvent pas dormir. Il a mangé ses bonbons en attendant le prochain métro. Emma est arrivée sur le quai, l'air énervé, droit contre lui. Sans lui laisser le temps de comprendre, elle l'a embrassé. Un premier baiser au goût de gélatine.

III

Franz porte le nom de son père. Franz Riepler. Tout pareil. Ce n'est pas un très bon présage. Le père est mort jeune, à peine marié, d'un accident de chasse. La balle fuse. On se tient droit puis l'on tombe. L'enfant que porte notre femme n'est pas encore né. Les entrailles crevées, on se sent mourir, à genoux, sur un lit de feuilles brunes, dans les belles forêts de Bavière. Notre fils vivra, on ne sera pas là pour le voir, alors ils lui donneront notre nom pour qu'il comprenne qu'on l'aurait chéri, si la balle, peut-être, avait frappé ailleurs.

La mère est triste. Elle élève Franz comme la seule

chose qu'il lui reste. Regardez comme il ressemble à son père. Le sourire, cet air dans les yeux. Il ne s'appelle pas Franz Riepler pour rien. Il a la même façon de s'emmêler les sourcils.

Le petit Franz a grandi comme cela, comme une photographie en mouvement, le morceau de papier glacé que sa mère chérissait en tristesse, l'image mouvante de ce que le destin lui avait chipé.

Ils ont quitté la Bavière, sa mère et lui, puisqu'il n'y avait plus rien à y faire, puisque le père ne travaillerait plus à la scierie. La mère et l'enfant, seuls, se sont construits. Dinah, la mère, a trouvé une place de femme de chambre, dans une maison d'industriels, à Lübeck. Franz, l'enfant, a suivi. Il avait quatre ans. Un long voyage, puis ils arrivèrent, sous le froid et la grisaille, dans la grande maison bourgeoise de la famille Kienzel, les fabricants-de-bouchons-de-bouteilles-de-vin.

C'était quelque chose que cette grande maison en brique, un parc à perte de vue, un étang, des dépendances. Oui, Franz grandirait bien ici. C'était une famille influente, une belle famille. Les enfants couraient dans le jardin. Bientôt, Franz entrerait dans leur ronde, il tirerait les cheveux de Katherine, il se battrait avec Georg, comme un frère puisqu'ils grandiraient ensemble.

La mère travaillait aux tâches ingrates, les besognes

avilissantes, celles où l'on éponge la crasse des autres. On repasse les chemises de Monsieur, on coiffe les perruques de Madame, on récure la merde de Monsieur, on jette les tampons de Madame. On repousse les avances du gardien, on fait des emplettes, mais qu'importe, Franz grandit avec eux, il apprend leurs manières, il tire les cheveux de la petite Katherine, il se bagarre avec Georg, comme s'ils étaient frères.

Bientôt, Franz eut quinze ans. Il s'éprit de Katherine. Elle avait la peau si douce, les cheveux si longs.

Il fallait se cacher; on ne doit pas s'aimer entre frère et sœur; on ne doit pas non plus aimer le fils de la bonne.

C'était délicieux. La nuit, Franz rejoignait Katherine dans son lit. Ils s'aimaient simplement, comme deux jeunes personnes. Ils se voyaient vivre quelque chose d'unique, quelque chose que les autres ne connaissent jamais. Prétention touchante des jeunes amoureux, isolés du reste du monde puisqu'ils vivent pour ce que les Autres — dans l'idée qu'ils s'en font — ne pourraient pas ressentir.

Franz rejoignait Katherine à minuit. Il se couchait dans son lit, puis, avant que la maison ne s'éveille, vers cinq heures, il retournait, seul, à l'étage, attendre le lendemain.

La journée, il restait dans sa chambre, pour ne pas

voir Katherine, pour éviter que sa tendresse jaillisse aux yeux de tous et trahisse leurs amours.

Il fallait bien s'occuper. Il prenait des livres dans la bibliothèque de Monsieur. Enfin, avec ces pages jaunies et ces reliures austères, il pouvait être lui-même.

Monsieur se félicitait de l'ascèse de Franz. Le fils de la bonne deviendrait peut-être quelqu'un après tout ; il voulait bien être assez progressiste pour le penser.

Dinah tomba malade. Une bronchite, des conséquences dramatiques, des glaires dans les poumons. Alitée, ligotée, elle regardait le ciel de sa petite chambre comme un plafond qu'elle allait atteindre.

La mort de Dinah. De mère et d'enfant, il n'y avait plus. Seulement Franz dont la famille Kienzel ne savait que faire.

Monsieur et Madame en discutèrent. Katherine priait ses angoisses. Il fallait que Franz reste, il fallait qu'il dorme, encore, entre ses bras. Il pourrait remplacer le gardien. Il habiterait dans la petite cabane, elle pourrait le rejoindre, la nuit, comme avant.

Elle en parla à son père. Non, il y a Jules, je ne peux pas le renvoyer. Mais tu sais bien que Jules n'est bon à rien. Oui, ma fille, je sais. Et Franz est futé, je le sais aussi. Cet enfant passe ses journées à lire. Ce sera peut-être un poète, qui sait. Sa mère était bonne, je dois faire tout ce que je peux pour son fils. Je vais l'envoyer à l'école. Je payerai. Ce garçon deviendra quelqu'un, nous allons l'y aider tant que nous pouvons. Pourquoi pleures-tu, ma fille? Tu as l'air d'apprécier ce garçon, vous avez grandi ensemble. Je veux lui offrir le meilleur. Pourquoi pleures-tu?

Il y a, à Hanovre un pensionnat qu'ils appellent l'Institut. On y apprend la philosophie, les lettres, la géographie, les mathématiques et l'histoire à de jeunes garçons — de jeunes garçons de belles familles. Six heures de cours par jour, du sport et un uniforme d'inspiration britannique. Franz s'y plaisait. Il envoyait de longues lettres à Katherine, ces lettres que l'on garde, qui s'entassent dans une jolie boîte en métal. Plus tard, nous ne les lirons plus, mais elles déménageront avec nous, nous ne pourrons pas les jeter puisqu'elles témoignent de ce que nous étions.

Quand venait le week-end, les autres garçons rentraient dans leurs familles. Lui se tenait là, de famille, il n'en avait plus. Alors, il restait dans sa petite cellule. Il étudiait, il écrivait aussi, quelques strophes touchantes et bien ficelées, sur les saisons, la nature, la mort aussi. L'amour, il le gardait pour Katherine. Elle avait la peau si douce, les cheveux si longs.

Il rencontra quelques copains. Jojo Légende, Gunther et Barnabé. Ils fumaient des cigarettes, en cachette, derrière l'observatoire. Ça n'allait pas bien loin, des petites bêtises passagères et disciplinées. Dans quelques mois, c'était la remise des diplômes ; mieux ne valait pas se faire pincer. Et puis, que penserait Monsieur, s'il apprenait que grâce à son argent, Franz fumait des cigarettes avec Jojo Légende derrière l'observatoire ?

Franz étudiait sérieusement. Il apprenait, aussi, de jolies manières. Il vouait une passion sans borne à Aristote. Une petite reproduction pleine de barbe flottait au-dessus de son lit. Ses dissertations étaient confuses et désordonnées peut-être, mais si inspirées, si sincères que ses résultats s'avéraient tout à fait confortables. Un peu dilettante, certes, mais un dilettantisme éclairé, pour la joie de ses professeurs qui voyaient — ils en voient si peu — un élève se passionner pour leur matière.

Les résultats tombèrent. Franz fut reçu second. Il avait dix-sept ans maintenant. Plus d'Institut, mais la vie des hommes, seul, diplôme en poche.

En stop, il retourna jusqu'à Lübeck. Routes industrielles, sans espoir, bordées d'usines et de centrales. Toutes ces constructions, toute cette activité lui donnaient du cœur à l'ouvrage. Lui aussi serait un homme comme ça ; il bâtirait des choses. Bon dieu, il avait tout de même été reçu second à l'Institut d'Hanovre !

Il frappa à la porte des Kienzel, comme ça, sans prévenir, puisque c'était la maison de son enfance, puisque Katherine était là, qu'elle était belle, qu'elle était douce, qu'il l'aimait. Bien sûr, au fil du temps, ils ne s'étaient plus beaucoup écrits, mais tout au long de ces deux ans, Franz n'avait cessé de penser à elle. Ils pourraient s'aimer à découvert ; il n'y avait plus de honte désormais, Franz n'était plus le fils de la bonne, il était diplômé, sorti second de l'Institut d'Hanovre ; il en portait l'uniforme comme un blason sur le cœur.

Une bonne femme grise et renfermée ouvrit la porte.

— Que puis-je faire pour Monsieur ?

— Je suis Franz.

— Franz ? Nous n'attendons pas de Franz. Que voulez-vous ? Est-ce pour le mariage ?

— Quel mariage ? Non, je viens voir Monsieur, Madame, Georg et Katherine.

— Entrez un instant, voulez-vous. J'appelle Madame.

Madame arrive.

— Franz ! Comme tu es beau. Et cet uniforme ! Tu es un homme maintenant !

— Vous êtes très élégante aussi, Madame.

— Tu es venu pour le mariage de Katherine. C'est adorable. Je vais demander qu'on te prépare une chambre. On te fera un costume aussi. Demain sera un jour de fête. Viens, viens avec moi. Mon mari va être si content de te voir. Ah, qui aurait cru que tu serais si beau ! C'est un miracle, Franz, tu es un homme.

Avec Monsieur, ils parlèrent de l'Institut, du diplôme, d'Aristote, d'une carrière à envisager. Mais où était donc Katherine ? Elle allait se marier alors ? C'était bien vrai. Comment pouvait-elle ne plus l'aimer ?

L'entretien avec Monsieur s'éternisait. Il avait des connaissances, à Munich, à Berlin, à Hanovre. Franz n'aurait qu'à choisir. On lui trouverait une situation. Katherine, où était Katherine ? Franz ne pouvait penser à autre chose.

Il se retrouva seul, dans une chambre qui n'était pas la sienne. Il n'avait toujours pas vu Katherine. Il essayait le costume qu'il porterait en l'honneur de son amour, en l'honneur de l'amour d'un autre. N'avait-elle pas lu ses lettres ? Bon dieu, il l'aimait, il lui avait dit. Toutes ces nuits qu'ils avaient passées ensemble ! Non, elle ne pouvait pas en aimer un autre. Ce n'est pas vrai, elle ne peut pas en aimer un autre. Il sentait quelque chose lui traverser les entrailles ; quelque chose comme de l'injustice qui grandissait en lui, lui écrasait les viscères, puis la cage thoracique. Ça remontait dans la trachée. Il vomit toutes les larmes de son corps. Le mal était encore là. La bile mélancolique semblait se régénérer à l'infini. Vomir ou crier ne servirait plus à rien. Ce mal, il le porterait à jamais. Il voulut l'écrire ; il n'y parvint pas. Bientôt arriverait le dîner ; il verrait Katherine.

Le mari était tel qu'on l'imagine. Petit, un peu bête. Aucune lueur dans les yeux ; aucune finesse dans les traits. Ils sont donc comme ça les hommes qu'elles aiment, pensa Franz. Un peu creux, gentils, une situation et du confort. Il ne pouvait pas jouer sur ce terrain-là, lui, le fils de la bonne, même reçu second à l'Institut.

Puis, Katherine parut. Quelque chose dans son regard avait changé. Elle avait l'air douce, ses cheveux brillaient comme avant, mais elle avait perdu cette beauté singulière. Katherine aimait le petit benêt ; elle n'était plus ce qu'elle était, il n'y avait plus de noblesse dans son visage. Elle avait trouvé sa place, dans le lit de la petite bourgeoisie. Et maintenant, pour rien au monde, Franz n'en voudrait de cette place-là ; il était seul.

Au dîner, on parla de crise financière et d'intérêts à sauvegarder. Le monde qui change, tout ça, les valeurs immobilières et la pétrochimie. Le pendant industriel des discussions de paysans sur la météo.

Katherine cherchait le regard de Franz comme pour se faire pardonner. Elle ne le trouva pas, il était déjà parti.

IV

Tobias a marché quelques instants, anesthésié par ce qu'il venait de vivre. Le jour se levait. Il fallait dormir quelque part. Pas question d'aller chez sa sœur — la tête de Stéphane quand il débarquerait là-bas ! Il restait Victor. Après tout, il pouvait bien lui demander ça.

Tobias avait froid ; il marchait. Il fallait trouver une cabine, espérer aussi que Victor soit chez lui et qu'il décroche. Le boulevard Germain était bien désert, quelques travailleurs, des clochards élégants sortant d'une nuit difficile, et Tobias, seul, une fois de plus, cherchant un téléphone, cherchant un lit.

Il entra dans un bistrot. Il fut frappé par le bruit de la machine à café, les grains que l'on moud, le lait que l'on chauffe. Au comptoir, on ne voyait que des hommes seuls, perdus dans ce vacarme mécanique, comme des ouvriers qui auraient laissé tourner les machines le temps de s'éveiller. Aucune discussion, pas de musique non plus, non, seulement le bruit incessant de la machine à café pour tous ces esseulés en éveil.

D'un côté, le patron lisait un journal et de l'autre, au-delà du zinc, les hommes, régulièrement espacés, debout, avaient l'air de perdre leurs yeux dans un vide particulier, le vide de leur existence au petit matin. De temps en temps, l'un d'eux posait une pièce sur le comptoir, il brisait le silence : « la bonne journée », on levait la tête, puis il sortait, comme s'il n'était jamais entré. Des hommes sortent, et d'autres entrent — et toujours le bruit incessant, le bruit métallique de la machine à café.

Le patron s'est levé de son journal — il a regardé Tobias comme s'il n'avait rien attendu de lui.

— Vous avez le téléphone ?

Le patron regarda de l'autre côté de la salle. Oui, là-bas, Tobias voyait le téléphone.

Il sortit quelques pièces de sa poche et déplia le bout de papier sur lequel Victor avait inscrit son numéro. Les hommes du comptoir le regardaient. Le patron lisait le journal.

— Victor ? C'est moi... J'espérais que tu décroches. J'avais peur que tu ne décroches pas... J'ai besoin de toi Victor. Tu habites où ? Très bien, j'arrive.

Dans le métro qui le séparait de la gare du Nord, Tobias essayait de penser à Jérôme, mais sans succès, tout ce qui lui importait, c'était de trouver un lit, de s'étendre enfin et de dormir, sans ne jamais se réveiller.

Victor n'a pas posé de questions. Ils ont dormi, Tobias et lui, blottis l'un contre l'autre.

Tobias habitait chez Victor, rue de Dunkerque. Ils partageaient leur lit et le reste, la douche, les casseroles et les vêtements.

Victor travaillait dans la communication ; l'appartement était confortable. Tobias était trop effrayé pour retourner au café du boulevard Michel. La rue des Écoles, la rive gauche tout entière brouillait doucement son esprit. Il ne pouvait pas s'en approcher. La rive gauche, c'était la police et la prison, les douches collectives et les passages à tabac.

Pourtant, il dut bientôt se résoudre à aller chercher ce qu'il appelait d'une façon un peu enfantine son « bon pactole ». Oui, ça permettrait de tenir un moment, mais il fallait y aller, dans la cage d'escalier de la rue des Écoles, à côté de la porte de Madame Gérard.

Il y alla un soir ; les flics aussi doivent dormir la nuit. Tout était en ordre, le code n'avait pas changé, la cage d'escalier avait toujours cette odeur de cave et de friture. Le bon pactole aussi était là, bien à sa place, emballé, caché dans les conduites de gaz.

Tobias le glissa sous son blouson et il partit en courant comme s'il fuyait toute cette partie de son existence.

Pourtant, il y a repensé bien des fois à sa mansarde, à Paulo, Maurice et Gégé du boulevard, à Jérôme surtout, à cette matinée où il s'est fait prendre ; le pauvre vieux, jamais il ne rejoindra Luisa, mais comme avant, il lui écrira, il rêvera de Montevideo, derrière ses barreaux, dans une petite chambre pleine de crasse.

Ç'aurait dû être lui, c'était à Tobias de se faire pincer, il n'avait pas de Luisa, lui.

Enfin si, maintenant, les choses avaient changé, il y avait Victor, toutes ces journées passées à l'attendre. Il était embrumé par son amour, il ne pouvait penser à autre chose. Avec le soir, viendrait la délivrance, il irait chercher Victor au pied de son bureau grisâtre, ils boiraient des chocolats chauds, ils se tiendraient forts dans leurs bras d'hommes, isolés des autres, comme si rien ne pouvait plus leur arriver. Avec Victor, Tobias était sauvé, il expliquait la fin de son errance.

Alors bien sûr, avec le temps, vinrent les disputes, violentes le plus souvent, des bagarres d'hommes ; la défonce aussi, pratiquée à deux, avant de baiser ou après, comme si l'unité de leur couple avait besoin de ce petit frisson supplémentaire. Ils vivaient collés l'un à l'autre, l'un dans l'autre.

Le bon pactole touchait à sa fin. Tobias se fit embaucher dans un bar du quartier ; après tout, c'est le seul travail qu'il connaissait. On était pourtant bien loin du café du boulevard Michel, ici pas de costume, pas de gilet noir ou de chemise blanche, non, il y avait, comme disait le patron, « quelque chose de détendu ». Pas des cafetiers de profession, non, les personnes avec qui il travaillait avaient des parcours bien étranges, jeunes pour la plupart, un peu perdus, un peu en reconstruction. Un peintre, un artisan, un autre qui disait écrire. Voilà où ça vous mène de vouloir être artiste, dans un café dit branché du nord de Paris, à porter des cappuccinos et des salades César. Ce qui ne changeait pas, c'était leur façon de compenser, à la fin du service, Picon bière et cocaïne. La défonce comme une constance.

On parlait foot ou d'une mignonne que l'on baisouillait, on s'enfilait de la poudre dans le nez, comme sur le boulevard Michel, comme ailleurs probablement. Les chaînes de l'humanité en Cheese Burger et en Gin Tonic.

On vous exploite, on vous fatigue à coups de brunchs et de dîners d'anniversaire, on vous fait courir, pintes en main, et vous devenez con, c'est l'abrutissement complet, dans un café branché du nord de Paris, puisque le peintre ne peignait pas plus que l'écrivain n'écrivait depuis qu'ils travaillaient là, puisque Tobias s'éloignait de Victor. Ah, en revanche, l'alcool reste, et la drogue aussi.

On brise la jeunesse à coups de pourboires, on les décale, ils se lèvent à quinze heures pour assumer leurs vies. Alors pourquoi ne se drogueraient-ils pas puisque l'existence est si fade ? Ils le choisissent, mais peut-on leur en vouloir de fuir les néons des bureaux et les coupons de tickets restaurant ?

On ne met pas de réveil, c'est la seule consolation, car à dix-huit heures, le service retombe comme un coup de fouet, et la journée commence, jusqu'à quatre heures du matin. On court, on sourit, on apporte des cartes et des corbeilles de pain. On agit par automatismes, on ne pense pas, et pourtant, on serait presque contents d'être là, dans ce café dit branché du nord de Paris — parce qu'il y a des mignonnes, parce qu'on pourrait l'écouter chez soi, la musique qui hurle à nos oreilles, parce que les clients sont habillés comme nous. Et pourtant, on n'est rien qu'une petite merde à leur service. Une carafe d'eau, et plus vite que ça. Il faut des maîtres et des esclaves. Y a-t-il vraiment dialectique ? L'esclave sert, le maître ordonne, et après ?

Tobias n'allait plus chercher Victor à son bureau grisâtre de l'avenue du Maine. Soit il travaillait, soit, quand venaient les jours de congés — ou de repos, comme vous voudrez —, il était si content de pouvoir ne rien faire à dix-huit heures qu'il en oubliait Victor et sa carrière de publicitaire. Ah, il est plus dur de s'aimer quand on est occupés. Leur couple devait se construire de nouvelles habitudes, désapprendre la langue qu'ils avaient parlée jusque-là, comme si la réalité, les contingences des vulgaires, fermentaient entre eux et doucement, les séparaient.

Quand Tobias travaillait, Victor l'attendait, seul, à la maison. Il s'ennuyait. Au début, il se contentait de l'attendre ; il s'endormait en lui laissant une place au creux du matelas. Puis, il a été lassé de s'endormir, comme ça, pour rien. Alors, il s'est retourné vers ses habitudes d'homme seul — les talons en avant, au cœur de son plaisir, dans les bars à partouze.

Il n'y allait que pour regarder. Les corps se pavanaient devant lui, nus et pénétrés. Victor se masturbait un instant, puis il rentrait, en pensant à Tobias. Mais, avec les semaines qui passaient, il s'est attardé dans les bars, discutant, un verre à la main, avec tous ces corps aux muscles contractés.

Ses désirs ont chassé l'image de Tobias, comme si ses paupières l'avaient écartée. Il a touché les types qui dansaient devant lui, il les a pris avec force, comme avant, glissant de l'un à l'autre — l'étrange manège charnel où les tours s'enchaînent jusqu'au vertige, jusqu'à la nausée.

Il a attrapé la vilaine *grippe*, au milieu de tous ces corps qu'il a pris. Il l'a senti. Tout de suite, il l'a su. Il ne l'a dit à personne, il a voulu vivre en omettant cela.

Le mal qu'il pouvait faire, il n'y pensait pas ; il a continué à vivre comme s'il avait réellement oublié ce qu'il portait en son sang.

Les mois passaient aussi vite que Tobias et Victor s'éloignaient.

Il y eut quelques moments heureux bien sûr, un week-end à la campagne, les soirées entre amis. Mais Tobias et Victor ne pouvaient plus se comprendre. Une dispute aussi insignifiante que toutes les autres décida de leur séparation.

Comme un dernier coup de poignard, Victor apprit à Tobias ce qui l'habitait, ce qu'il lui avait donné ; qu'il l'avait marqué au fer rouge. Il l'avait plombé.

V

Armand et Emma ont beaucoup pris le métro ensemble. Elle venait le chercher en bas de chez sa mère, le matin, pour aller au lycée. Ils s'embrassaient sur les strapontins, coupés du jour, parmi les voyageurs. C'était leur façon de faire, dans les tunnels, dans les couloirs ou dans les wagons, comme s'ils s'isolaient du monde, éclairés par les néons des souterrains.

Ils buvaient des cafés aussi, au Rouquet, boulevard Germain. Ils fumaient ensemble, ils s'embrassaient, ils méprisaient les autres. Ils valaient mieux qu'eux. Ils s'étaient trouvés ; ils ne se quittaient plus.

Dans dix ans, s'ils n'étaient plus ensemble, ils se retrouveraient, le 6 juin, à 20 h 15, devant l'église du boulevard Germain.

Elle avait un manteau blanc. Armand portait des cravates et des jeans troués. Ils commençaient à s'aimer. Il avait seize ans, et elle, dix-sept.

Armand voulait ne plus avoir à quitter Emma ; il est parti de chez sa mère, sans dire au revoir, pour habiter le petit appartement de La Muette. Il avait eu son premier bachot, et elle, le second, le vrai, qui vous lance dans la vie adulte.

Ils restaient au lit, dans le petit deux pièces de La Muette, à baiser joliment, à fumer aussi, sous la couette. Parfois, ils s'asseyaient sur le petit pan de balcon en zinc.

Armand sortait quelques heures demander des

cigarettes aux passants, puis il rentrait, les poches pleines de blondes sans paquet. Ils mangeaient des pâtes ou du riz. Ils n'avaient pas besoin d'argent, puisqu'ils s'aimaient, dans le petit deux pièces de La Muette, au-dessus de la grand-mère d'Emma.

Cet été-là, ils sont partis à Deauville, cinq jours, dans un palace. Le père d'Emma y avait été invité ; il a offert les quatre nuits d'hôtel à sa fille. Ils étaient fiers, Emma et Armand, quand ils sont arrivés à la réception du palace. Ils ont dévasté le mini bar et le room service.

L'après-midi, ils allaient se promener sur la plage, comme les vieux couples qu'ils méprisaient.

Parfois Armand descendait, seul, au bar de l'hôtel, boire un gin tonic, quand Emma dormait. Il aimait cette posture. Lorsqu'il n'était pas avec elle, il se regardait vivre ; et son image lui plaisait. Il était amoureux, il était beau, il était jeune, trop jeune pour vivre comme il le faisait. Il cultivait ses paradoxes, comme pour les cravates et les jeans troués. C'est aussi ce qu'il aimait chez Emma, elle n'était pas systématique. Elle faisait partie de ces personnes que l'on ne peut pas comprendre d'un bloc. Elle représentait à ses yeux le type de la bourgeoise décalée, le pendant moderne de la noblesse dépravée. Il aimait ne pas pouvoir la saisir, entre ses habitudes de petite fille riche et la vie presque bohème qu'elle menait.

Ces paradoxes-là lui plaisaient, parler d'anarchie au bar d'un palace à Deauville ; l'idée que l'on peut être à l'aise avec le peuple grâce à nos idées, et avec la haute, grâce à nos manières ; un décalage permanent qui fait que l'on n'appartient à rien. On est insaisissable ; *never explain, never complain*, doublé d'une aisance innée. Ils vivaient comme personne.

Armand prenait plaisir à voir ce décalage se creuser, ses copains de lycée qui ne comprenaient pas qu'il puisse habiter avec une fille, l'incompréhension des adultes aussi, qui le voyaient vivre comme eux. Il se sentait sortir de la société alors qu'il s'y promenait. Ce sentiment lui procurait une joie sans égale. Il se voyait exister.

Au retour de Deauville, ils ont dû quitter le petit appartement de La Muette. Armand a trouvé une mansarde rue du Quatre Septembre. Ils y sont restés deux ans, collés l'un à l'autre, payant le maigre loyer grâce à leurs pères respectifs. Armand a acheté une mobylette, un Scoopy Honda SH 50, bordé de plastique rouge. Enfin il était libre ; il avait une chambre, une mobylette et une fille à aimer.

Au lycée, il semblait vivre dans un autre monde. Ç'avait l'air facile. Il lui manquait de l'argent pourtant. Il donnait quelques cours particuliers mais ça ne suffisait pas. Il a dû se débrouiller pour ne pas perdre la face devant Emma. Il a appris à voler, pas des objets précieux, non, de la bouffe et du shampoing, des bières et des Mentos, au Franprix d'en bas.

Il a appris à demander aussi.

Il y avait, à côté du lycée, un bistrot où tous les élèves déjeunaient. Serge tenait la boutique. Il avait bon cœur. Tous les jours, il offrait son déjeuner à Armand, sans que les autres puissent le voir. Il faisait semblant de le faire payer.

Emma travaillait à ses cours d'hypokhâgne, Armand roulait en mobylette, il volait des livres ou de la bouffe puis il rentrait dans leur mansarde, content de la trouver là, à l'attendre.

Armand a eu son bac ; comme Emma un an plus tôt, il est entré en hypokhâgne. Ils travaillaient à leurs cours, ils dormaient ensemble. Mais quelque chose était parti, quelque chose de l'enthousiasme qu'ils avaient à partager leur vie normale.

VI

Quand Franz arriva à Berlin, il avait dix-huit ans. Un sac au bout du bras, le costume du mariage, son diplôme de l'Institut d'Hanovre. Monsieur l'avait recommandé dans quelques bureaux de la ville. À l'Ouest, là où les rues sont plus propres, là où les personnes sont occupées, comme à Munich, où l'économie s'agite. Les hommes marchent vite, sandwich en main, comme s'ils ne pouvaient pas se permettre de perdre le temps d'un déjeuner. Les femmes — plus ou moins jeunes — font claquer leurs escarpins avec force. Elles ont l'air fières et puissantes. On se demande comment elles cueillent les hommes. Plus puissants qu'elles peut-être ; ou inférieurs, avec quelques petites gifles dominatrices.

Franz aimait cette agitation. Des bureaux aux magasins de luxe, ils sont pressés, préoccupés, ah, ils doivent être heureux ces gens-là qui n'ont pas le temps de lover leurs petites névroses entre deux mains désœuvrées.

Quelques entretiens cravatés puis Franz est entré dans cette sphère-là. Il serait secrétaire de direction chez Günther & Cie. Après tout, secrétaire ce n'est pas si mal s'il y a la direction qui va avec, pensa-t-il. On est secrétaire puis on grimpe les échelons, la carrière d'une vie, chez Günther & Cie.

Le travail commença. Il était fade. Ternes aussi, les bureaux de l'entreprise. Mais ça se passait comme ça, on trouve une place ennuyeuse chez Günther & Cie, on bricole, on turbine, et puis, un jour, on épouse une Katherine, au visage creux et sans lumière, mais à la peau douce et aux cheveux brillants. On fait l'amour puis naît le petit Martin. On part en vacances en automobile. Bientôt, Martin sera diplômé, on pourra se reposer.

En attendant, Franz habitait un petit deux pièces de Nollendorfplatz. Il avait dix-huit ans. Il classait des dossiers. Le soir, à l'abri, il lisait des livres d'occasion.

VII

Tobias ne savait pas quoi faire. Il a traîné son corps un peu partout, dans le métro, dans les squats, dans les parcs. Il a vite quitté le café où il travaillait ; puis, ç'a été l'héroïne et toute cette vie-là. Pas longtemps, non, un mois seulement, jusqu'à ce que le destin lui tende le bras.

Il marchait rue de Tocqueville, regardant au sol, à la recherche d'une pièce ou d'un mouchoir, de quelque chose qui pourrait attirer son attention. À défaut d'un Banco ou d'une peau de banane, il a reconnu les chaussures de sa sœur. Il a levé le regard — oui, c'était elle, comme une apparition, un petit garçon marchant à ses côtés.

Il n'y avait pas de banc où s'asseoir ; ils sont entrés dans un bistrot. La sœur fut effrayée par la pâleur de Tobias. Mais il n'était pas temps de penser à cela, ils s'étaient retrouvés ; enfin il rencontrait son fils, le petit Lucas.

Lucas était impressionné en buvant sa grenadine.

— Lucas, c'est mon frère, c'est Tobias, ton oncle.

Tobias avait honte de son état ; il était pâle, il était sale. Il regrettait de ne pas avoir rencontré son neveu il y a quelques mois, quand il travaillait, quand il était amoureux.

Il pensa aux contretemps de l'existence, mais celui-ci joua en sa faveur. Sa sœur l'a accueilli. Il s'est sevré dans le petit appartement de la rue Campagne Première, avec sa sœur, avec Lucas. Stéphane avait eu une promotion à Londres. Il était parti. Ils s'étaient séparés.

La vie était agréable rue Campagne-Première. Comme avant, Tobias préparait des potages, mais la journée, il n'était pas seul, il gardait Lucas. Il l'emmenait au parc, il lui achetait des gaufres.

Le soir, la sœur rentrait du turbin. On couchait l'enfant en lui lisant une histoire. Puis, Tobias et sa sœur se retrouvaient, dans le salon. Ils parlaient de ces années écoulées sans qu'ils se voient, ce qui en eux avait changé.

Pour l'éloigner de sa drogue et de ses souvenirs, la sœur décida de trouver quelque chose pour Tobias, un travail agréable, loin de Paris.

Un poste de traducteur s'était libéré à Berlin. Tobias aurait un appartement et un salaire. Il partirait la semaine suivante.

Cette perspective l'effrayait. Il ne connaissait personne à Berlin ; il n'y avait jamais vécu. Il faudrait tout reprendre au départ, tisser des liens, trouver des bars, essayer, surtout, de se sentir Allemand à nouveau. Même avec sa sœur, il parlait français, et là, il faudrait retrouver la langue de son enfance.

Il s'était attaché à Lucas ; il allait le quitter, lui aussi, en même temps que toutes ses habitudes. Tobias avait peur mais il était plein d'entrain. Se refaire, renaître, voilà de quoi il s'agissait. Essayer de vivre sur ses deux jambes, comme s'il n'avait jamais eu besoin de béquilles.

Les adieux furent cruels. Lucas pleurait, il serrait les poings puis les relâchait, comme s'il n'avait pas pu retenir Tobias avec sa faiblesse d'enfant.

Ils prirent le bus tous les trois pour l'aéroport. Tobias portait un petit sac, tout ce qui lui restait, quelques pulls et un bonnet. Ce bonnet, sa mère lui avait acheté à New York, quand il était arrivé. C'est la seule chose qu'il n'avait jamais égarée. Les personnes passent, les bonnets restent.

Oui, les bonnets restent si on les visse suffisamment fort sur notre crâne.

Il y avait du monde dans l'autocar. Ils transpiraient tous leur retour ou leur départ provisoire. Tobias se sentait bien étranger à tous ces vacanciers, à ces aventuriers du congé scolaire. Il n'allait pas prendre quelques Polaroïds d'une ville nouvelle, non, il changeait de vie ; on ne prend pas de photos de sa vie courante, on ne veut pas se souvenir du quotidien.

À l'aéroport, il embrassa sa sœur et le petit Lucas plein de larmes.

En se dirigeant vers les portiques de sécurité, il pensa à sa vie nouvelle. Mais très vite, un sentiment le rattrapa ; il était plombé et ça, il le porterait quoi qu'il fasse.

VIII

L'intelligence d'Emma plaisait à Armand, puisqu'elle provoquait en lui une sensation particulière ; il ne pouvait pas bluffer devant elle, elle le comprenait, elle le comprendrait. Mais, passé un temps, cette intelligence ne le flattait plus. Emma le comprenait ; elle le comprenait trop. Il était comme un bloc pour elle, un bloc qu'elle avait saisi, un bloc sans mystères. Ses petits mensonges de style — les histoires que l'on arrange lorsqu'on les raconte, pour qu'elles soient plus drôles ou plus saugrenues —, ces petits mensonges-là, elle les décelait instantanément. Ce qui gênait Armand, ce n'était pas qu'Emma n'ait plus de mystères pour lui, non, ça il ne s'en apercevait pas, ce qui le gênait plutôt, sans qu'il puisse le formuler, c'était de se sentir entièrement compris, de ne plus voir, quand il lui racontait une histoire, ses yeux briller comme si elle l'admirait. Elle ne pouvait plus être fan de lui puisqu'elle l'avait compris. Armand se sentait creux, comme un homme sans secrets, comme un homme vide.

Dans un bistrot, en fumant une cigarette, il a rencontré Louise. Ç'a été un plaisir immense de pouvoir recréer son personnage. Elle était belle, de cette beauté rare qui s'ignore. Elle le regardait les yeux grands ouverts, comme si elle avait voulu le toucher. Armand existait, Louise était fan du personnage qu'il pensait être.

Sans dire au revoir, il a quitté Emma ; il est parti avec Louise sur ces petites îles grecques, où les corps moites prennent plaisir à s'enlacer.

Il était fier de la beauté de Louise, puisqu'il la possédait, puisque les hommes autour d'elle ne pouvaient pas s'empêcher de la regarder.

Quand ils sont revenus à Paris, c'est elle qu'il a trimballée sur sa mobylette, comme il l'avait fait avec Emma, mais sans y penser puisqu'il était absorbé par la jolie Louise. Elle au moins ne le comprenait pas encore.

Puis, Louise est rentrée dans son pays. Armand a trouvé une petite chambre rue Oberkampf. Il a arrêté ses études pour se consacrer à la peinture. Il pensait que ça ne durerait qu'un an.

IX

Franz rencontra Martha. Martha Krüll, la fille du pasteur. Une année de plus que lui, des cheveux blonds et, dans le visage, cette lumière que Katherine avait perdue. La grâce, oui c'est ça, Martha portait la grâce en elle. Vénusté, elle traversait les jours comme une quête de pureté. Sous les arcades des métros aériens, lorsqu'il la vit passer, il en saisit tout de suite la saveur. Elle marchait seule, sans destination apparente. Il la suivit un moment, instinctivement, sans penser aux conséquences. Plus il se rapprochait, plus il la sentait près de lui, comme en son cœur, cette grâce qui émanait d'elle.

Il l'aborda grossièrement. Martha aurait pu l'ignorer ou crier au pignouf, mais elle regarda Franz et elle vit en lui ce qu'elle cherchait depuis si longtemps, un homme bon et sincère, perdu peut-être, mais salvateur. Un juste se tenait là, en face d'elle, sous le métal des métros aériens.

— Je vous ai vue passer, je vous ai suivie. C'est rustre, peut-être, mais il le fallait. Nous avons quelque chose à partager. Je le sens, j'en suis sûr. J'aimerais vous revoir. Voulez-vous me donner votre numéro ?

— Des numéros, j'en ai plein mon carnet. Ils s'entassent. Que faites-vous demain ?

— Demain, je ne sais pas. C'est samedi, je ne sais pas.

— Retrouvons-nous ici, voulez-vous. À quinze heures. Nous irons au café. Je suis Martha. Martha Krüll.

— Je suis heureux Martha, à demain.

Il partit. Quel idiot, pensa-t-il, je ne lui ai même pas dit mon nom. Il se retourna pour la rejoindre, mais déjà elle n'était plus là.

Tant pis. Il se rattraperait demain. Oh Martha, Martha. Il chérissait ce nom comme s'il avait déjà pu l'aimer. Martha, Martha Krüll. Quel idiot il avait fait de ne pas lui donner le sien. Franz. Franz Riepler. Ce n'était pas une honte.

À quinze heures, le lendemain, ils se retrouvèrent. Franz n'avait pas apporté de fleurs. Non, ce n'était pas son genre. Remarquez, ce n'était pas son genre non plus d'aborder une fille dans les rues. Mais il était là, prêt à l'aimer, n'est-ce pas plus beau que quelques plantes arrachées ?

Ils se dirigèrent vers un café comme l'Allemagne en fait tant, la chaleur des chauffages, quelques fauteuils, les cendriers sur des tables basses. Des bistrots où l'on reste plusieurs heures. Il n'y a pas, à Berlin, de brasseries de passage, les personnes pressées boivent leur café en marchant, dans des gobelets en carton.

La discussion prit son envol. Il y avait quelque chose d'évident à être là, bien enfoncés dans les fauteuils en velours, l'un en face de l'autre. Franz et Martha s'entendaient comme peu de gens en sont capables.

Les cafés de ce genre se répétèrent, puis vinrent les plaisirs de la chair, avec la même évidence, la même simplicité.

Martha dormait chez Franz. Peu à peu, elle y laissa des affaires, puis elle y resta complètement, pour se sentir plus proche de lui. Franz travaillait toujours chez Günther & Cie. Un élément sérieux, voilà ce qu'ils disaient de lui. Mais sa vie commençait le soir, lorsqu'il retrouvait la jolie Martha. Martha aux yeux blonds, à la peau pâle, au visage éclairé.

Quelque chose de platonique s'installa, mais ces amours-là les comblaient.

Cela dura deux ans, puis il eut comme une rupture dans leur système. Ils se dénouèrent ; ils décidèrent de se disperser. Martha retourna chez son père, le pasteur Krüll. Franz s'éloigna tant qu'il put, jusqu'au Mexique.

X

L'aéroport de Schöenefeld parut bien étrange à Tobias. Les mots des panneaux, il les comprenait, mais ils résonnaient en lui comme un langage inconscient, un langage qu'il avait oublié.

Il prit le S-bahn puis le U-bahn — ah, c'est donc comme ça qu'ils appelaient le métro ! Zazie dans le U-bahn, c'est moins chic quand même.

Il devait aller dans les bureaux où il travaillerait — c'était la priorité ; sa sœur lui avait donné un peu d'argent, mais il ne tiendrait pas longtemps — une fois de plus, il faudrait gagner sa vie. Quelle expression étrange quand on est triste, qu'on a le vague à l'âme et le mal au corps.

Dans le U-bahn, les voyageurs n'avaient pas le même visage — une mode discrète, rien ne vous frappe, mais simplement, vous le sentez au fond de votre être, ce n'est pas chez vous que vous vous promenez. Les images bien sûr, mais les sons aussi ne vous évoquent rien ; alors on les regarde et on les écoute, en bon naturaliste. Les trois notes des portes qui se ferment sonnent comme une mélodie, on ne comprend pas que le wagon va partir, ce n'est pas la sonnerie du métro. On vérifie les stations au fil du temps. Ah, ils ont mis des plans au plafond ; c'est une idée, oui, c'est même plutôt pratique. Plätenwald, Treptower Park, Ostkreuz. Oui, changer à Ostkreutz et après, U6 jusqu'à Alexanderplatz. C'est ça, Alexanderplatz, c'est ce qu'a écrit le patron dans son courrier. Les bureaux de traduction, on ne peut pas les louper, c'est au pied de la tour de la télé, en face du McDo. Quelle tête elle peut bien avoir cette tour de la télé ? Il paraît qu'elle est toute droite, comme un sexe posé sur la ville. Ah, on sort des tunnels. Ce que le ciel est gris ici. Ni soleil, ni nuages. Et les bâtiments, ce qu'ils sont lisses, ce qu'ils sont bas ! On est bien loin des fioritures d'Haussmann. Tout a l'air d'avoir une utilité. C'est bien triste tout de même, une ville où tout sert à quelque chose. Et la poésie, ils la mettent où ? Peut-être qu'ils ont construit des petits parkings à sonnets, des hangars et des fabriques à ballades.

Le S-bahn trace sa route ; succession de terrains vagues, de locaux industriels et d'immeubles épars. Au moins, ils n'ont pas l'air de manquer d'espace. Il y a quelque chose de galactique dans l'air. Ce n'est pas une ville où l'on se promène. Mais qu'y fera-t-il, lui, alors que la seule chose qu'il aime c'est la promenade ? Peut-être que ça ne durera pas, après tout, il vient de l'aéroport — il est encore bien loin du centre-ville. Mais non, Ostkreuz, sur la carte. Alors c'est ça — il y est dans le cœur de Berlin ! Mais où sont les magasins et les travailleurs, les mobylettes et les boulangeries ? Non, ici, les gens ont l'air de filer droit. Parfois, ils vont se promener dans un parking à poésie.

Le charme, Tobias voulait du charme. Bientôt, il découvrirait qu'ici la beauté frétille entre les personnes et dans leur façon de vivre, et non comme à Paris, sur les façades, au-dessus des trottoirs.

— Bonjour, je suis Tobias Kent. J'ai rendez-vous avec M. Peter.

— Attendez ici, je vais le prévenir.

Tobias a attendu ici, dans une petite pièce sombre, du genre salle d'attente de cabinet dentaire avec ses quatre sièges rigoureusement espacés — votre coude ne risque pas de frôler celui du voisin —, sa table basse en verre et surtout, les piles de magazines — actualité, sport, mode féminine —, l'humanité en trois catégories. Comme à Paris, on était une femme, un sportif ou un homme du réel. Que devait-il lire, lui, Tobias ?

— Monsieur Kent ? Christian Peter va vous recevoir.

Tobias s'est levé, il a pensé à sa vie nouvelle.

Il fallait traduire des modes d'emplois, en anglais,

en allemand, en français. Ce n'était pas si mal payé — du lundi au vendredi, huit heures dix-sept heures avec pause déjeuner.

Une vie de pisse-copie ; ça, Tobias ne l'avait pas connu. Après tout, ça lui permettrait de vivre — il paraît qu'il faut payer le prix. Ce serait le sien, du lundi au vendredi, huit heures dix-sept heures, avec pause déjeuner.

Tobias aurait un petit bureau en bois lisse, M. Peter était insignifiant, ne parlons pas de la secrétaire.

Christian Peter mettait un studio, comme il disait, « à la disposition » de Tobias. Le prix du loyer serait déduit du salaire.

Tobias en disposa. Ce n'était pas très loin du bureau ; U2 à Alexanderplatz jusqu'à Schöenhauser Allee. On pouvait prendre le tram, mais ça, Tobias verrait plus tard. Le métro est rassurant lorsqu'on ne connaît pas une ville — tous les métros se ressemblent, il n'y a pas de paysage.

À la sortie du U-bahn, un grand centre commercial comme on n'en trouvait pas à Paris. Les gens avaient l'air de s'y promener ou s'y asseyaient pour boire un café dans un gobelet en carton. Un peu d'agitation devant le centre commercial, un type qui vend des Wurst, des travailleurs qui attendent le tram, et puis là-bas, à gauche, le 72d, l'immeuble dans lequel il habiterait. On croirait une résidence de banlieue au nom fleuri ; au numéro 72, il y a quatre immeubles qui se partagent une cour pleine de vélos, 72a, 72b, 72c, 72d.

Tobias monta son petit sac jusqu'au premier étage. Ah, les cages d'escalier berlinoises, une grosse rampe en bois et le sol tout recouvert de lino — l'odeur de plastique et la chaleur de l'immeuble. On sent qu'ici l'hiver est dur, les hommes sont habitués à se protéger.

L'appartement était confortable. Tobias l'aménagerait, il construirait, comme il aimait à le penser, un petit nid, à l'abri des autres, de leur odeur et de leur déchéance. Ici, Tobias ferait la cuisine, il lirait — il vivrait seul, loin des bars à partouze, loin de la défonce qui l'avait dégoûté. Ce serait agréable d'être un homme nouveau, un homme au visage ordinaire. Un petit chemin que l'on déplie pour soi, uniquement pour soi, sans écarts et sans malentendus. Il aspirait à une petite vie de classe moyenne. Il ne voulait plus avoir honte quand il prendrait le métro le matin, il irait travailler, la tête vide. Il voulait se fondre dans la petite société qui l'entourait. L'apaisement. Il voulait vivre comme un autre.

XI

Armand aimait sa pose. Il était seul, mélancolique, consacré à sa peinture. Il fumait du tabac à rouler, il chérissait son vague à l'âme comme la seule chose qu'on ne pourrait pas lui enlever. Il effritait de la mauvaise résine au creux de sa main puis il pensait à ses tristesses en écoutant des chanteurs aux voix graves. Il traînait au bistrot, il griffonnait quelques esquisses dans un carnet en moleskine. Il cherchait le regard des filles, l'air fier de sa solitude. Puisqu'il était toujours entouré d'hommes mais qu'il ne leur parlait pas, il la ressentait comme un matraquage permanent cette solitude artificielle du dehors. Il pensait à elle, il l'exhibait comme une conquête. Il se voulait retiré du monde, peintre, solitaire et affamé.

L'automne arrivait, et avec lui, novembre, le plus beau mois de la mélancolie. À force d'exhiber sa tristesse, Armand finit par y croire. Il perdit son humour.

Le jour, il travaillait comme surveillant dans un lycée, et le soir, puisqu'il ne peignait pas, il buvait de la bière et fumait de la résine.

Il se regardait marcher seul, comme il le pensait, *sur la route de son destin.*

Il n'était pourtant pas si isolé ; il se promenait avec ses amis de toujours, les frères qu'il avait choisis, et avec lui, à leur tour, ils fumaient la mauvaise résine, ils parlaient de leur mélancolie et d'une femme imaginaire qu'ils voudraient aimer.

La petite bande d'esseulés se retrouvait chez Armand ou dans un bar, à fumer ou à boire, pour faire quelque chose, pour discuter, pour rigoler un peu.

Au début, ces affectations du jeune sans espoir plaisaient à Armand, mais très vite, il y a tellement cru qu'elles sont devenues banales. Il voulait les fuir mais il n'y parvenait pas, les habitudes avaient pénétré sa chair.

Il lisait toute la journée, à son travail de surveillant. Des auteurs, mi-vingtième, qui, comme lui, n'avaient qu'une obsession, celle de trouver une place dans le monde, le rôle que l'on pourrait jouer avec sa vie. Il découvrait Bove, Calet, Dabit et Hyvernaud, Guérin et Calaferte. Mais par-dessus tout, il aimait Charles-Louis Philippe. Alors, il s'imaginait attraper la syphilis au début du siècle — bon dieu, ç'avait plus de classe que le sida —, s'amouracher d'une putain du boulevard Sébastopol, vivre dans un hôtel de passe, en bohème, en petit trafiquant aux velléités artistiques. Il avait la nostalgie d'une époque qu'il n'avait pas connue ; il enviait cette misère-là, bien plus romantique que son petit temps partiel dans un lycée catholique.

Oui, il travaillait dans un lycée catholique ; anarcho-traîtrise suprême, une institution étatique et religieuse, autoritaire et répressive. Mais, il prenait un peu d'argent en n'y faisant rien d'autre que lire ou fumer des cigarettes.

Parfois, il peignait un peu. Il sentait alors renaître en lui cette force qui lui avait manqué. Là, il oubliait, il cessait de se regarder vivre. Il éclatait ses pensées. Penché sur ses toiles, il frappait du pinceau comme on cogne les murs — et il vivait, enfin, pour lui-même. Il oubliait le style qu'il se donnait, il se retrouvait en lui, si proche de ses entrailles qu'il pouvait sentir l'odeur de sa merde. Il vomissait son jugement.

De temps en temps, il baisouillait une conquête de comptoir. Et alors, il se sentait calmé pendant quelques jours.

C'est au cœur de l'hiver que l'ombre d'Emma est revenue hanter ses paupières. Elle voilait son regard, la jolie blonde aux Dunhill. Puisqu'il était lassé d'envier des époques qu'il n'avait pas connues, il s'est retourné vers son propre passé.

Ah, ce qu'il était heureux quand il l'aimait ! Il le comprenait maintenant, il n'était pas fait pour être seul. Non, il devait enlacer une femme, Emma en particulier.

Il a pensé la revoir, mais il ne l'a pas appelée. Peut-être

avait-il honte de sa lâcheté, de la manière dont il l'avait fuie. Quand ça durait trop, il ne pouvait pas s'empêcher de s'enfuir. Il aurait pu s'en foutre, mais les souvenirs de ses bassesses le frappaient comme un gros bloc de culpabilité.

Il avait honte, il sentait son corps malade. Pour s'en dépêtrer, il fuyait encore.

XII

Au Mexique, Franz but beaucoup. Et puis les joints et les danses déglinguées, les soirs où l'on cherche à s'oublier. Quelques conquêtes de bars, puis il fallut rentrer, déjà arrivait la date imprimée sur le billet d'avion.

À son retour, il eut une envie irrépressible de voir Martha. On n'oublie pas une femme que l'on a aimée dans quelques verres de bière chaude.

Le pasteur était absent, Franz put rejoindre Martha chez elle. Ce fut émouvant de voir sa chambre d'enfant, ces peluches austères, le petit lit où elle faisait ses cauchemars. Ils couchèrent ensemble, rapidement, comme pour se dire au revoir. Puis Franz retourna à son appartement, à sa vie d'homme seul, les dossiers de Günther & Cie, tout ça, les livres d'occasion.

Le Mexique lui avait laissé comme un goût d'aventure au fond de la gorge. Il voulut reprendre des études, du stylisme, une école à Paris. Sa candidature fut retenue ; dans deux mois, il partirait.

Le plan était parfait. La fuite. Seulement, Franz avait oublié le destin, ce vieil ennemi qui vous retient par l'épaule. Martha était enceinte. Cet enfant, celui de Franz, elle le garderait. La question ne se posait même pas, Martha, Martha Krüll, la fille du pasteur, n'avorterait pas.

XIII

Pour la première fois, Tobias arrivait seul dans une ville nouvelle. Il ne connaissait personne ; il ne pouvait pas se servir de l'appartement de sa mère, de l'appartement de sa sœur comme point d'ancrage. Non, seulement le 72d, sur Schöenhauser Allee, un petit F2 bien impersonnel, témoin de sa solitude. Mais, parce qu'il était vraiment seul, parce que les visages autour de lui n'avaient pas de regard, il n'en éprouvait pas la sensation.

Le moindre geste avait une saveur particulière puisque c'était la première fois qu'il l'accomplissait. Son dépaysement l'occupait. Il ne savait pas quoi acheter dans les supermarchés ; il ne savait pas comment s'y prendre avec les tickets du métro. Il était comme étranger au pacte de la ville ; il devait en découvrir les usages. Alors, il marchait, les yeux ouverts, pour essayer de comprendre, pour se fondre dans l'indifférence. Il tenait comme un petit répertoire des façons de faire, puisqu'ici on ne traverse pas quand le bonhomme est rouge, puisqu'il ne faut pas marcher sur les pistes cyclables.

Il retrouvait la langue de son enfance avec plus de facilité qu'il ne l'aurait cru.

Quand il ne travaillait pas, il sillonnait les rues et les tunnels du U-bahn. Il visitait les musées et les monuments. De temps en temps, il entrait dans un cinéma.

Il aimait sa condition d'homme en découverte. Il marchait sans y penser puisqu'il fallait comprendre, puisqu'il fallait, surtout, créer des habitudes tout autour de soi. C'est peut-être pour cela qu'il s'est remis à fumer, pour aller tous les jours au même kiosk, pour que le vieil homme Turc qui tenait la boutique saisisse le paquet de Nil bleu derrière lui sans même que Tobias ait besoin de lui demander.

Il ne se souciait pas de rencontrer des amis ou des amants ; il voulait se construire une vie de petit homme seul ; son travail, ses cigarettes, son supermarché.

Le travail était rébarbatif ; Tobias ne demandait pas mieux. Il traduisait les modes d'emplois de machines dont il ne se servirait jamais. C'est un monde auquel il ne pensait pas, il y apportait seulement une petite contribution.

Son appartement prenait forme. Il découpait des photographies dans les journaux pour les coller aux murs ; les gros titres aussi, parfois, quand ils lui plaisaient. Des titres en majuscules, les faits divers rigolos ; « dévorée par ses chats, elle avait soixante-douze ans » ; « privé de Play Station, il étouffe sa grand-mère ».

De temps en temps, il recevait un courrier de sa sœur. Le petit Lucas signait, en bas à droite, d'une écriture hésitante. Les semaines s'écoulaient doucement, entre les modes d'emplois et le 72d, entre ses découvertes et les habitudes qu'il maîtrisait.

Mais vint le moment où Tobias ne découvrait plus, il avait un abonnement de métro, le vieil homme Turc lui tendait instinctivement son paquet de Nil bleu tous les matins, il connaissait les rayons du supermarché.

Le jour où il s'en rendit compte, Tobias fut frappé par une grande tristesse. Il était terrassé. Qu'allait-il faire maintenant que ses habitudes étaient bien empilées tout autour de lui ? Devait-il se contenter de les regarder, tous ces petits gestes indépendants, si indépendants qu'ils se déplaçaient tous seuls, comme des bestioles motorisées, sans qu'il ait besoin de les conduire ? Il les avait si bien polies, il les avait serrées si fort entre ses paumes, qu'elles étaient comme hors de lui toutes ces petites habitudes de vie. L'enthousiasme du rituel que l'on crée décapité par la tristesse de l'habitude. Et, au milieu de toute cette viande sale, Tobias s'ennuyait.

Il se souvint d'un tract lettriste que Jérôme lui avait lu un soir, *l'aventurier est celui qui fait arriver les aventures, plus que celui à qui les aventures arrivent.*

XIV

C'est peut-être pour cela qu'Armand a voulu partir, pour cesser de penser à Emma, pour se construire un nouveau personnage, loin de son passé.

Oui, là-bas, il se choisirait un nouveau caractère, il sortirait du rôle qu'il jouait au milieu de ses amis. Ce rôle-là, il ne pouvait l'oublier qu'en les quittant, qu'en partant vers quelque chose d'absolument neuf.

Il irait peut-être à Rome ou à Berlin ; pour l'instant, il se contentait d'en parler. Ç'avait du style le départ ; puis là-bas, il n'aurait de comptes à rendre à personne, il pourrait vivre ses perversions comme il l'entendait. Il serait libre, il n'y aurait pas, pesant sur lui, le regard incessant de ses proches. Puisqu'il ne pouvait pas s'affranchir des autres en leur présence, il les fuirait.

Comment vivrait-il ? Il n'en avait pas la moindre

idée. Allons bon, il s'était toujours débrouillé. Ne pas s'arrêter à ce genre de détails. Il mettrait un peu d'argent de côté ; il serait peinard pendant quelques mois. Et après ? Après, on verrait bien.

Il s'est fait embaucher dans le bar en bas de chez lui. Le soir, il y travaillait ; la journée, il était surveillant. Quand il y pense maintenant, cette époque a, pour Armand, une odeur de métro et de manque de sommeil. D'un job à l'autre, il s'abrutissait gaiement, en pensant à son départ.

Avant de partir, il a voulu revoir Emma. Ils ont passé la nuit dans sa petite chambre vide puisqu'il avait déjà entassé toutes ses affaires dans la cave d'un copain. Ils ont prisé de la cocaïne, ils ont dormi sur le petit matelas qui lui servait de lit. Il a senti son odeur, dans le petit matelas une place et il s'est juré de s'en aller, pour ne jamais revenir.

C'était l'été. Armand a choisi Berlin. Il a acheté un billet low coast. Comme c'était bizarre de prendre un aller simple !

Quelques jours plus tard, il est parti pour vivre sa vie nouvelle. Il avait vingt ans.

Il était tellement préoccupé par ses petites contingences de style qu'il a oublié d'en avoir peur. Il ne savait pas où il dormirait ; il avait un peu d'argent en poche ; un sac avec quelques affaires.

XV

Franz abandonna ses idées d'aventure. Il prit, en plus de son travail de gratte-papier, une place, le soir, dans un bar. Il fallait de l'espace, de l'argent aussi pour la petite Juli qui arrivait.

Franz ne pouvait plus lire ses livres jaunis. Le destin l'avait rattrapé, il fallait marcher avec lui.

Juli est née. Juli Riepler. Ce fut un moment de joie pour tous, pour Martha, pour le pasteur Krüll, pour Franz aussi.

La vie s'organisa avec confiance. On fit une chambre chaude et rose à Juli, chez le pasteur. Martha s'en occupait, entre les couches et les allaitements. Franz travaillait, il payait sa part, et, dès qu'il était libre, il prenait Juli dans ses bras, en remerciant cet ami qu'il avait détesté quelques mois plus tôt, cet ami qui l'avait retenu par l'épaule.

Dans le bar où il travaillait, on demandait souvent à Franz s'il ne connaissait pas quelqu'un à qui acheter quelque chose. Il ne comprit pas tout de suite. Mais acheter quoi ? De la drogue bien sûr.

Les mois ont passé, il en a pris quelques fois. Puis, il a rencontré les bonnes personnes. Juli grandissait, il fallait plus d'argent. Franz s'est fait dealer, derrière le comptoir, pour gagner un peu plus. Ça rapportait gros, extasy et amphétamines. On était bien loin du taux horaire bureaucratique.

Les affaires ont fleuri ; Franz s'est agrandi. Puisqu'il coupait très peu la marchandise, il était apprécié.

Ce furent des mois de fêtes, d'argent à foison, de liberté. Il était bien loin maintenant de Günther & Cie ou du bar à cocktail. Son propre patron ; il vendait à des dealers de boîtes de nuit qui venaient, chez lui, s'approvisionner toutes les semaines. La petite Juli, élevée à l'argent de la drogue. À chaque trait prisé dans les toilettes d'un club, à chaque pilule ingérée, c'était un peu de confort pour Juli, de l'argent pour ses études, un nouveau nounours.

Puis, comme à chaque fois dans ces histoires, Franz fut attrapé. Polizei et perquisition. Schtilibem 96.

XVI

Tobias chercha à voir autre chose que ce qu'ils appellent la vie normale. Il sortit dans les bars à partouze et dans les boîtes à *druffis*. Il retourna à la vie qu'il maîtrisait le mieux, drogué, d'un endroit à l'autre. Il se lia d'amitié avec son voisin du deuxième étage qui lui offrit son canapé. Il quitta les modes d'emplois et l'appartement qui allait avec.

L'éternel retour. Le cycle de sa vie reprenait son mouvement originel. Elle était là, sa vie normale.

XVII

Deux ans de prison laissent des traces sur un homme. Les rides de la soumission, de la peur et de l'humiliation. Deux ans seulement puisque Franz, ne pouvant plus tenir, a balancé ses fournisseurs, quelques Polonais, bien plus gros que lui.

En sortant, il a voulu travailler. On ne l'a pas pris ; les rides de la taule tuméfiaient son visage. Juli ne le reconnaissait pas ; il ne pouvait plus lui acheter de nounours. Il était fait.

Quelques travaux de réinsertion, décoller des affiches, contrôler des voyageurs dans le U-bahn. L'argent qu'il gagnait, il le jouait, dans les bars à machines à sous. La plupart du temps, il gagnait. Il doublait ses mises, des sommes dérisoires.

Il put revoir Juli, Martha, le pasteur Krüll. Il essayait de maquiller les rides de son visage. Ah, qu'auraient pensé Katherine, Madame et Monsieur s'ils l'avaient vu dans cet état ? Le costume de l'Institut se disloquait, il ne recouvrait plus le corps de Franz.

Franz a continué à faire la fête. Là au moins, on ne lui posait pas de question sur les rides qu'il portait. Hors du temps, dans ces fêtes de plusieurs jours, son passé s'épuisait.

Les *druffis* l'ont accueilli. Ils lui ont donné du tabac et des lits provisoires. Elle était là, maintenant, sa famille.

deuxième partie

Le blount s'en chargera

BERLIN

Il y a à Berlin quelque chose de neuf qui vous effraie. Les murs des immeubles ne s'encombrent pas de pierres, ils sont coulés dans le béton, lisses ou crépis, comme des plaques que l'on disposerait entre les fenêtres des appartements. Ici, les immeubles ne sont pas plus des femmes couchées que des femmes debout, ce sont des femmes assises, ni hautes ni basses ; elles ne vous offrent pas leurs cuisses, mais elles se tiennent là, simplement reposées. On ne saurait pas trop quoi leur dire à ces femmes si l'on ne supposait pas qu'elles sont le fruit d'une terrible histoire, qu'on les a assises là, sur ces fauteuils larges pour qu'elles accueillent à nouveau des hommes libérés de leurs démons. Puisqu'elles donnent de la chaleur pour peu de chose, les artistes s'y réfugient en petits groupes. Ils ne créent pas, mais qu'importe, ils vivent, d'un espace à l'autre, en récupérant les meubles qu'ils trouvent sur les trottoirs. Ils font du vélo, les enfants les suivent sur leurs petites bicyclettes sans pédales, balançant leurs jambes courtes contre le sol, l'une après l'autre. L'hiver, puisque la neige s'empare des trottoirs, on les traîne sur une luge, au bout d'une ficelle, comme un barda d'esquimau. Ils ont l'air heureux ces enfants-là, puisque l'on a le temps de s'occuper d'eux, puisque l'insouciance se lit aussi sur le visage de leurs parents.

Les rues sont larges et les gens s'y promènent; comme s'il ne pouvait rien vous arriver, comme si là plus qu'ailleurs, on prenait le temps de vivre. On est un peu fauché, on se débrouille. Les soupes sont bonnes. On fume au bistrot puisque ce serait insensé de ne pas le faire. On travaille à quelques obsessions sur un ordinateur portable. Autour de soi, on sent l'Europe, toutes ces langues qui se mélangent et se répondent.

L'oisiveté règne. Parfois, elle abîme un peu les hommes; les excès de celui qui n'a pas à se lever le lendemain matin lui creusent les joues, des cernes sont comme taillés sous ses yeux. Celui-là est un homme qui fait la fête jusqu'à n'en plus pouvoir, puisqu'il y a toujours ici un endroit ouvert pour l'accueillir. Ça émancipe les hommes et ça les broie. La liberté exige la force ; certains sont faibles, ils se perdent rapidement. Mais autour d'eux, les autres continueront leurs promenades à vélo, leurs trajets en tramway et leur vie agréable. On peut l'imaginer simplement, ce sont des hommes que le Travail n'a pas broyés. C'est une ville situationniste.

I

Puisqu'il allait vivre quelque chose de neuf, Armand sentait qu'il fallait qu'il l'écrive. Il a pris un petit carnet noir et il l'a glissé dans sa poche, avec un stylo. Quand il serait seul, il noterait comme le mémo de son existence.

Un carnet pour Berlin. Écrire chaque jour une pensée, une histoire, une blague (un feuillet, par hygiène). Je pars demain. Certaines choses vont me manquer ; l'excitation tout de même, prend le dessus. Aujourd'hui, écrire des mails et trimballer des affaires, une mobylette aussi. Laisser le moins de traces possible, ne pas joindre E ou L. Partir seul, sans attaches puisque c'est ça, au fond, que je voulais. Une petite aventure du haut de mes vingt ans.

Ne pas non plus en faire tout un grabuge, je pars vivre ailleurs mais comme ici ; il n'y a rien de très dépaysant là-dedans. La langue, peut-être, les panneaux, les noms de rues et les noms de famille que je dois déchiffrer une lettre après l'autre comme un élève de cours élémentaire. Certains usages changeront mais peut-être pas plus que dans les différents quartiers de Paris.

Je ne serai plus chez moi et j'attends ça avec impatience. Les rues ne m'évoqueront rien ; il s'agit de reconstruire des souvenirs.

Je suis en terrasse à côté de chez V qui m'a offert son canapé ; la satanée rue de Babylone où j'ai vécu tant de moments différents. Là-bas, tout ça va s'achever. Je comprends pourquoi l'on parle de nouveau départ.

Tous les fils que j'avais tissés vont disparaître, c'est une vertu thérapeutique.

Où serais-je demain à cette heure-ci ? Dans une rue au nom imprononçable, dans un bistrot, encore. Ce sera bien.

Où dormirais-je demain ? Je n'en sais rien. Dans un lit probablement. Les lieux changent ; les mêmes choses arrivent. Il n'y a pas vraiment de surprise. C'est rassurant. Angoissant aussi. C'est donc ça la vie. C'est ainsi que s'écoulent tous les jours à venir. Des bistrots et un matelas au bout, seul ou avec une fille. Tous les soirs, je dormirai, allongé sur un lit, sur un canapé, à même le sol, dans la boue. Il n'y a pas de surprise, aucun paquet emballé contenant quelque chose que l'on n'attendait pas.

Si, la mort. Vous parlez d'une surprise !

C'est le jour de la rentrée. Je pars. Les gens s'agitent dans la rue, ils pensent à cette année (scolaire, bureaucratique) qui les attend. Ils ont les bras remplis de nouvelles affaires et la tête bouillonnante. Un nouvel emploi du temps, un cahier vingt et un vingt-neuf sept à grands carreaux. Same old shit.

Ils ont l'air heureux de reprendre le cours de leur existence. Je m'en vais, vous ne me reverrez plus.

Je ne les méprise que dans la mesure où je suis comme eux.

Elles viennent du Bon Marché, un gros sac orange à la main, du parfum hors de prix sur le cou. Rive gauche. Ce n'est pas la mienne. Non, ce n'est pas mon élément. Il peut me plaire malgré tout, les femmes y sont plus jolies.

Y a-t-il une rive gauche à Berlin ?

Tant de vies que je ne toucherai pas, que je ne comprendrai jamais. Nous voulons écrire sur les hommes.

Comme s'il s'agissait de vivre quelque chose, nous partons, la queue en avant.

Quand Armand est arrivé à Berlin, il pleuvait. La cloche grise crachait ses petites glaires, régulièrement espacées. On aurait presque pu croire qu'il suffisait de zigzaguer entre les gouttes pour les éviter. Le ciel vous nargue, c'est un présage. Celui d'Armand était pluvieux mais impalpable, de cette eau qui ne vous mouille pas franchement la tête. Mais, à un moment, la grosse goutte se forme et, avec toute la force de la pesanteur, elle s'écrase sur la braise de votre cigarette. Parfois, avec un peu de chance, on fume quelque chose de légèrement humide, mais parfois aussi, la fatalité s'écrase si fort, d'une façon si précise, que la cigarette est fichue. On tire dessus, rien d'autre ne vient qu'un petit goût de sève à travers le filtre. On allume une autre tige et la vie continue. Rien n'a changé ; seulement, il est là, le petit goût de sève artificielle qui vous chatouille la gorge. Au moins, il y a eu ce bruit sympathique, le pschitt de l'eau sur la braise, comme les mégots que l'on jette dans un gobelet en plastique à une fête étudiante. C'est un blinis parmi les autres, un toast que l'on doit savourer.

Armand avançait entre les gouttes, une deuxième cigarette accrochée aux lèvres. Il sortait de l'avion, il avait récupéré son sac. Ça l'encombrait un peu mais sans excès ; c'était bien faible comme matière pour se construire une vie nouvelle. Quelques livres, un ordinateur, des pantalons et une paire de chaussures.

Il a pensé prendre un taxi. Mais quelle adresse aurait-il donnée ? Il prendrait le métro. Au moins, lui, on pouvait lui faire confiance ; il y avait les plans, une idée vague que l'on se ferait de la ville — le nom des stations. Il y a ceux dont on se méfie et ceux qui vous inspirent. La dérive berlinoise d'Armand serait psycho-géographique. Il voulait traîner son sac où son esprit le porterait, emprunter les rues qui l'inspireraient et fuir les autres, sans remords, pour ne pas y revenir.

Il prit le S-bahn, épiant les passagers, comptant les stations. Il descendrait à Mehringdamm ; on lui avait dit que Kreuzberg était un quartier sympathique.

À la sortie du U-bahn, il pleuvait encore. La matinée n'était pas achevée. Armand avait faim. Il se réfugia à l'ombre d'un fast-food. Collé à la vitre du restaurant, il mangeait, seul, avec enthousiasme, son hamburger, en regardant la pluie tomber. La scène aurait dû être d'une tristesse cruelle, mais Armand l'appréciait, il était libre, détaché du regard des autres, dans une ville nouvelle.

La pluie s'estompait joliment. Armand déposa son plateau en plastique sur un des chariots qu'un plongeur devrait déplacer plus tard. Il sortit du fast-food.

Il a marché un peu. Puis, parce qu'il pleuvait toujours, il a trouvé un café. Il a commandé un expresso et un croissant. Le barman a compris qu'il était français.

Armand est monté dans la salle du haut, celle où l'on pouvait fumer.

Arrivé à Berlin aujourd'hui. Il pleut. Enfin trouvé un bistrot où l'on peut fumer. Ce n'est pas désagréable. Quatre blondes à côté de moi. Il faudrait mieux l'écrire, mais à quoi bon puisque ce carnet ne regarde que moi ?

Comme ça, pour la forme ; une esthétique purement personnelle ; manière d'envisager son existence ; rien de plus. Oui, c'est peut-être aussi simple que ça, envisager la tournure esthétique de sa propre vie.

Cet endroit est assez agréable (la salle du haut, bien entendu). On y fume, on y boit du café entre jeunes filles allemandes.

Sens que toutes mes habitudes (rituel serait plus flatteur) vont se reproduire sans pour autant me procurer la même sensation. C'est différent puisque les lieux même sont différents.

Une ville agréable où les filles sont jolies. Oui, j'y resterai, ça ne fait pas de doute. Combien de temps, je ne sais pas. J'y resterai, voilà tout.

Enfin pouvoir regarder des filles fumer dans les cafés !

Toute l'après-midi, il a marché en oubliant le poids de son existence. Quand la nuit est tombée, il a cherché une auberge de jeunesse. Il avait noté quelques adresses sur un bout de papier. Il a fait le tour. Tout était complet. Où dormirait-il ? Dans le métro ?

Un ami, à Paris, lui avait parlé du Berghain. Une boîte ouverte du vendredi au dimanche soir. Il y est allé puisqu'il ne savait pas quoi faire d'autre, puisqu'il n'était pas fatigué.

Le videur n'a pas eu l'air surpris de le voir débarquer, bagages en main. Armand a franchi la porte. Deux types ont fouillé son sac, ses poches aussi.

Il a payé son entrée, puis le Berghain s'est ouvert.

BERGHAIN-PANORAMABAR

Lorsqu'on sort du métro on croirait une zone industrielle. Il y a de l'espace, quelques baraques en taule, des immeubles vulgaires, entichés de ces gros tuyaux roses qui leur longent la façade. Il faut marcher quelques minutes encore. C'est excitant et désagréable. On se prépare à ne plus sortir de la journée, à danser jusqu'à l'épuisement. La fête va bientôt éclater. Mais avant cela, il faut croiser les passants. Ils vous regardent. Ils savent ce que vous allez faire. Ça doit se voir sur votre visage que vous n'avez pas dormi depuis vingt-quatre heures. Ils marchent vers ces occupations que vous n'avez pas, vers la douce odeur d'un dimanche ordinaire.

Au loin, on sent déjà le rythme saccadé d'une musique robotique.

La boîte se profile comme un cube de béton si gris qu'il en paraît beige. C'est une ancienne usine ; le bâtiment est colossal. À l'entrée, les personnes sont filtrées, puis fouillées. Il est écrit, en cinq langues différentes, que les appareils photographiques sont interdits. On dirait une pancarte militaire.

Une immense salle fait office de vestiaire. On s'y repose aussi, assis sur les canapés. La musique est atténuée, il est encore possible de se parler. Plus loin, il faut monter des escaliers en métal.

C'est la grande salle qui s'ouvre, après les backrooms. À gauche, les toilettes, à droite, un bar désert. Une immense piste de danse, le DJ au fond, des druffis qui s'agitent. Stroboscopes et néons verts. La musique est brutale. C'est essentiellement gay. Cuir moustache. Le Berghain.

Au-dessus, encore, après d'autres escaliers métalliques, le Panorama. La salle est moins impressionnante. La lumière est belle, la musique plus dansante. À gauche, sous la mezzanine, les toilettes. Unisexes, sans miroirs. On attend son tour pour entrer dans une cabine. Seul, avec une fille, un garçon, à huit quelques fois. On se défonce ensemble, dans les petites cabines métalliques, sans avoir besoin de se cacher plus que cela. Les types de la sécurité se foutent que l'on entre à plusieurs tant que la porte est fermée.

Les robinets des lavabos sont alignés. On se rince le visage, on remplit d'eau d'anciennes bouteilles de bière ou de Club Mate.

Aux toilettes, la musique est moins forte. Les langues se mélangent. C'est une grande foule que l'on connaît. Tous les dimanches, ce sont les mêmes personnes. Pour rien au monde, Tobias n'aurait fait autre chose un dimanche après-midi que de venir se défoncer ici.

La salle est dirigée vers la cabine du DJ. Il y a de grandes reproductions aux murs. Des cubes colorés ornent le plafond. C'est prenant ; festif et mélancolique. La foule s'agite en rythme, mais on peut la fuir, il y a de l'espace sur les côtés.

Un pan entier de la salle est constitué de grandes fenêtres, fermées par des stores. Rien de la lumière du dehors ne filtre à l'intérieur. Mais parfois, au bon moment, comme un effet de surprise, les volets s'ouvrent quelques secondes. C'est un tournant de jouissance énorme, le jour qui fait surface un instant, comme un jeu d'éclairage, quand la musique se lance, quand le temps n'existe plus.

II

Armand danse ; il ne saurait quoi faire d'autre. À qui pourrait-il parler ? Il regarde un peu autour de lui, comment les gens s'y prennent. Il retient certains gestes, les adapte à son allure, au style qu'il essaye de donner à son propre corps. Un mouvement des bras, d'avant en arrière, comme dans une course sans décor. C'est une endurance, il traverse le temps comme on franchit les kilomètres. Les extasys qu'il a achetés à la sauvette l'aident à tenir bien sûr, mais le temps s'attache, parfois, à sa peau. Les heures passent. C'est le matin déjà, dimanche. Le moment où l'on se lève, où l'on pense à manger. Sortir acheter des croissants pour la fille que l'on aime.

Armand est bien seul, lui. Mais ils le sont tous autour de lui. Et, par leur force de foule, ils lui enlèvent ce poids de la figure. Il est seul, et alors, il danse. Les lumières ont une couleur. Les rouges, les bleus et les jaunes scintillent. C'est un parc de sensations. Armand les regarde en dansant, la tête en l'air, sourire aux lèvres. Les filles sont belles. Il aimerait les toucher mais ses mains sont moites.

Quand il est fatigué de danser, il fume une cigarette, assis sur les banquettes. Alors, assoiffé d'une contenance inutile, il fait comme s'il écrivait un message sur son téléphone. Il leur montre à tous, à ces yeux sans visage, qu'il n'est pas si isolé que cela puisqu'il a quelqu'un à qui écrire.

Il danse encore. Bon dieu que ce rouge est beau ; les lumières brillent. Les gens qui l'entourent lui sourient. Comme eux tous, il est content d'être ici. Il est midi.

Quelques airs électroniques puis Armand s'en va emplir d'eau une bouteille vide qu'il a trouvée à ses pieds. Aux toilettes, devant les lavabos, un garçon lui parle en allemand. Armand ne comprend pas, il lui fait répéter en anglais. Le garçon, c'est Tobias, il répète, mais en français. Armand a l'air fatigué, il lui propose du speed.

Armand ne le sait pas encore, mais c'est courant ici, on partage les drogues et les plaisirs, sans arrière-pensée. Tu as l'air fatigué. J'ai du speed ; tiens, prends-en avec moi. Drogensolidarität.

Ils s'enferment dans une cabine.

— T'es pédé, toi ?

— Non.

— Moi si, mais t'en fais pas, t'es pas mon genre. T'es nouveau, non ? Je ne t'ai jamais vu. C'est une petite scène, tu sais, celle des druffis.

— Les quoi ?

— Les druffis. C'est affectueux pour dire les défoncés. Party animals, les freaks, tout ça.

— Oui, je suis arrivé ce matin, enfin... hier.

— Tiens, prends ça et on va danser. Tu veux que je te présente à la blonde que tu reluquais tout à l'heure. C'est Sigrid, elle est géniale. C'est elle qui m'a demandé de venir te voir. C'est bon, t'as pris ce que tu voulais ? Viens, on va danser.

Ils forment un binôme étrange, tous les deux, devant la cabine du DJ.

Armand propose la moitié de son dernier extasy à Tobias.

— Tu l'as acheté où ? Les extas ne sont pas bons en ce moment. Je vais t'apprendre. Appelle-moi Tata. D'accord ? Tata Sarfatti.

Armand avale la pilule entière. Ils rient tous les deux.

— Ok Tata.

Ils dansent quelques heures encore, se perdent et se retrouvent. Armand embrasse Sigrid. Ils se perdent et se séparent. Il fait chaud, les lumières sont moites, presque fluorescentes. La musique capricante guide les âmes égarées du Panorama bar, c'est leur seule maîtresse, elle dicte leurs mouvements, une danse heurtée, quelque chose de convulsif dans le corps. C'est une jouissance infinie, synthétique peut-être, mais si réelle qu'on se moque de savoir ce qui l'a provoquée. Il n'y a rien d'aussi grisant qu'une extase de foule, la foule des esseulés, ces druffis dont parlait Tobias. Les filles sont simples, elles sont belles ; parfois, elles vous sourient et vous embrassent. Les basses frappent comme votre cœur, vous vous sentez vivre plus fort, avec les autres. Chacun ressent son expérience sans honte et sans tracas ; on est nu avec son plaisir. Il s'exprime, ce plaisir-là ; les bras se lèvent, les bouches, parfois, crient. Certains, kétaminés, le vivent au ralenti, comme dans un aquarium, d'autres, sous amphétamines, comme en accéléré. Qu'importe, c'est de votre jouissance qu'il s'agit. Personne ici ne saurait vous en vouloir.

Armand et Tobias se retrouvent devant les lavabos des toilettes. Ils discutent. Il y a une chambre à louer dans la colocation de Tobias, dans sa WG comme ils disent ici. En sortant, ils iront. Si ça lui convient, Armand pourra y vivre.

— Tu as bu de l'alcool ?

— Oui, quelques bières, répond Armand.

— Pas de jus pour toi, alors. La prochaine fois, je t'en donnerai. Tu verras, c'est vingt fois mieux que tes saloperies en gélule.

Les jouissances d'Armand s'atténuent ; il a froid, il tremble de tout son corps. Il se sent comme empli d'une vague de fatigue épaisse et écumeuse ; les narcotiques, peu à peu, désertent son organisme. Délaissé par les molécules du plaisir, il cherche Tobias, pour partir, visiter la chambre, oui, la visiter et y dormir, s'enfoncer sous la couette, dormir, nu, dans un lit douillet.

Il faut trouver Tobias. Quelle heure est-il ? Vingt heures, déjà ! C'est comme une trique ce temps qui l'écrase.

Il faut retrouver Tobias. Le Berghain est fermé, il n'y a plus que le Panorama. Ça facilite les recherches.

Il faut retrouver Tobias. Les lumières ne brillent plus comme avant; elles sont ralenties, elles laissent derrière elles comme une traînée de poussière. Des poussières d'étoile.

Il faut retrouver Tobias. Aux toilettes, les freaks se bousculent. Il y a cette fille tatouée qui pourrait être jolie si elle ne mâchait pas l'air qui encombre sa mâchoire. Un type se frappe la tête contre les murs. Des convulsions baroques. Il est petit, chauve et bleu. Il se frappe la tête contre les murs. À côté de lui, il y a cette créature étrange qui sourit, mi-fille, mi-garçon, crâne rasé, sourcils orange, la bouche grossièrement étirée au rouge à lèvres.

Il faut trouver Tobias. Ah, il est là. Il est fatigué aussi. Partons.

III

L'appartement est à Prenzlauerberg, sur Schönhauser allee. Ça fait une trotte depuis le Berghain, depuis Ostbanhof. Ils rentrent à pieds pourtant. Pour Armand, c'est l'automne dans une ville neuve. Une sensation d'espace le saisit. Oui, c'est cela, espace et facilité. Il suit un type qu'il ne connaît pas vers un appartement qu'il va découvrir. Il porte son sac. Il marche vers une vie nouvelle ; les impressions de dépaysement le grisent ; les vents soufflent avec clémence.

Tobias parle sans arrêt. Il sautille. C'est sa façon d'être, quand, sous l'emprise des stupéfiants, il se sent vivre pour ce qu'il est. Armand l'écoute. C'est rassurant de savoir qu'il parle français. Sans cela, il ne l'aurait peut-être pas suivi ; c'est un point d'ancrage.

Tobias est bien plus petit qu'Armand. C'est un peu comme s'il trottait derrière lui, et pourtant, il le guide. Il parle d'un ami qui est mort, il y a quelques jours. La drogue, bien sûr. Quoi d'autre autour de Tobias ? C'est une occupation à temps complet, la toxicomanie.

Pour Armand, c'est encore romantique, ce point d'honneur que certains mettent à se détruire, cette assiduité de la déchéance. Pour disparaître ou pour vivre plus fort, il ne le sait pas encore, mais c'est une vie à laquelle il voudrait pouvoir goûter, la vie comme une ombre.

Pour l'instant, les rues sont larges, les enseignes étranges, les pancartes impossibles à démêler. Les mots allemands, lorsqu'on ne les comprend pas, ont une saveur particulière, quelque chose d'industriel dans la graphie ; les consonnes se succèdent, comme si elles se resserraient les unes sur les autres ; une langue noire, que l'on penserait en écriture gothique. C'est une douceur froide qui vous enveloppe et qui vous happe. Oui, Armand veut vivre cette vie-là, des sensations inconnues.

L'appartement est vaste; ils le sont tous par ici, c'est une constante, comme les cages d'escalier tapissées de linoléum. Les fenêtres descendent jusqu'au sol. L'ancien colocataire est parti il y a une semaine. Un américain, il est resté six mois. Sa chambre est libre; les deux autres, ce sont celles d'Otto et de Claudia. Tobias dort sur le canapé. C'est un dépannage, il est là depuis trois semaines. Claudia est partie, quinze jours, voir sa famille en Espagne.

Il y a quelques années, Otto habitait l'appartement avec sa femme. Elle l'a quitté. Depuis, il loue les chambres à des étrangers de passage. C'est un grand garçon blond qui vient du nord de l'Allemagne. Il a trente-cinq ans; il est étudiant pourtant, l'histoire et la biologie.

Il prépare le dîner. Il ne savait pas si Tobias rentrerait, mais il a prévu plus, au cas où, simplement. Tobias lui présente Armand comme un bon copain.

Otto propose à Armand de dîner ici. S'il veut, aussi, il peut rester pour la nuit, il a l'air fatigué. Demain, ils parleront de la colocation.

Le dîner est sympathique. On parle anglais. Armand prend plaisir à se rendre compte qu'il n'est pas le même type que lorsqu'il parle français. Il n'a pas le même caractère ; il ne fait pas les mêmes blagues. C'est agréable de pouvoir, pour un temps, changer son identité.

Armand prend une douche, puis il s'endort, dans des draps propres.

IV

Le lendemain matin, comme toujours, c'est pancakes et café au lait. Les Allemands savent vivre chez eux. Peut-être est-ce la dureté de l'hiver qui les y engage. Ils ont tout un tas d'accessoires, pour faire mousser le lait, pour maintenir le thé au chaud, pour vivre confortablement, chez soi, sans descendre au bistrot.

Le petit-déjeuner est agréable. On fume du tabac à rouler, on mange du bacon, Tobias et Armand racontent leur soirée à Otto. On croirait une famille, tous les trois, assis au bar de la cuisine.

Otto le sent bien. Il trouve Armand sympathique ; un très jeune Français, venu ici pour peindre, et pour quoi d'autre ? On ne saurait trop le dire. Peut-être est-ce son vague à l'âme qui l'a mené dans cette ville inconnue. Il devine qu'ils peuvent se comprendre, qu'Armand, grâce à sa fraîcheur, grâce à son caractère, pourra être un allié dans l'ordre de son existence. Avec les amis, comme en amour, on pressent ceux qui se rangeront de notre côté.

Si Armand tient à la chambre, ce sera la sienne. Le loyer est maigre ; il comprend l'électricité et internet.

Vendu ! Armand va vivre ici, investir la pièce vide avec le peu d'affaires qu'il trimballe — c'est plus rassurant de les savoir là plutôt qu'aux vestiaires du Berghain.

Fêtons cela ; nouvelle tournée de pancakes.

D'après Tobias, Otto est cool, il se défonce aussi. Il était marié à une fille très belle, une Américaine ; puis elle est partie, puisque tous les deux, sans cesse, vivaient la même chose. Depuis cela, Otto ne s'entoure que de personnes de passage. Il choisit des colocataires étrangers, il héberge Tobias pour quelques semaines. Ses amis même, sont provisoires ; personne ne prend place dans sa vie plus de quelques mois.

C'est un type généreux. Tobias, par exemple, dès qu'il a eu des soucis, il savait qu'il pouvait compter sur Otto, pour lui prêter son canapé, pour lui faire à manger. Oui vraiment, c'est un type extra, dit

Tobias. Je suis content qu'on habite tous les trois, on va bien rigoler.

V

Une salle blanche. Il y a du carrelage au mur, du carrelage au sol. Un type en blouse entre. Franz est assis sur un fauteuil d'hôpital, aux accoudoirs pendants.

— O positif. C'est bien. Peut-être plus pour nous que pour vous, remarquez. Vous êtes en forme, c'est bien. Détendez-vous. On prendra une dizaine de tubes. Après, vous aurez un sandwich. Ça épuise ces choses-là, vous savez...

— Oui, je sais, répond Franz.

Oui, Franz sait comment ça se passe. Tous les mois, il vient ici vendre son sang. Il sait qu'on va lui attacher un garrot bien trop serré, loin au-dessus du coude, que l'aiguille rentrera facilement dans la veine et que les tubes se rempliront, un à un, jusqu'à l'épuisement. Ensuite, il baissera sa chemise, on lui apportera un sandwich, avec gentillesse, comme s'il était malade. Le type de l'accueil lui donnera un billet de vingt euros dans une enveloppe brune et il pourra partir, argent en poche.

Oui, il sait comment ça se passe.

VI

Dans le salon. Il fait nuit. Armand fume, assis sur un fauteuil. Il renifle la tranche d'un bouquin jauni. Ce sont les seuls mouvements qu'autorise sa petite contemplation dépressive. Il a l'air de se reposer de tout ce qu'il a vécu, enfin, seul. On aperçoit cependant sur son visage une petite lueur gourmande, comme la satisfaction de l'aventurier face à son dépaysement. Le trésor, il ne l'a pas encore trouvé, mais il le sent, il est là, à portée de main, puisque tout le chemin a été parcouru. C'est un garçon qui se repose.

Au même moment, dans un sous-sol exagérément rococo, Tobias passe d'une étreinte à l'autre. Il prend et se fait prendre.

Puis, dans un moment d'apaisement, il s'enferme aux toilettes. Il sort sa seringue et sa petite bouteille en verre. On voit le liquide monter dans le tube en plastique. 0,9 - 1 - 1,1 - 1,2, jusqu'à 1,6. Une gorgée de Coca, le contenu de la seringue dans la bouche puis une gorgée encore. Il s'assied sur les toilettes, les mains sur le visage. La musique est tamisée ici, comme étouffée par la porte des toilettes. Il commence à pleurer. Il attend que ça monte en lui. Il sort un paquet de cigarettes et le regarde un instant. Il respire fort, comme s'il était décidé à ne plus y voir clair. Il range la bouteille et la seringue dans un étui à lunettes, puis dans sa poche, en dessous du paquet de cigarettes. Les larmes courent sur son visage. Petite convulsion de GHB, il se tape la tête contre les murs, trois, quatre puis cinq fois. Il se tient bizarrement, comme si son corps, déboussolé, hésitait à le maintenir. Ses mouvements sont saccadés et comme instinctifs, les réflexes de quelques muscles en marche. Il ouvre la porte des toilettes. Il y retourne. Il va prendre et se faire prendre.

Dans le salon, Armand s'est endormi à côté de son bouquin jaune. Tobias entre, le regard perdu. Il s'effondre sur le canapé, puis il s'endort, tout habillé, comme abîmé.

Quelques instants plus tard, Otto sort de sa chambre ; il aperçoit ses deux amis temporaires et les borde d'une couverture épaisse.

VII

Il y a des lumières un peu partout, des mots clignotent, des chiffres vous sautent à la figure comme la promesse d'une vie nouvelle.

C'est un petit casino comme l'Allemagne en fabrique. Ce n'est pas la Côte; ici, des machines à sous électroniques s'entassent, le type à l'entrée ne vous regarde pas. On joue en appuyant sur des gros boutons, comme dans les bars anglais, comme sur les ferrys. Quelques types assis ça et là insèrent des pièces dans la fente, appuient sur le bouton lumineux et fixent l'écran de leurs ordinateurs obèses.

Franz vient jouer l'argent de son sang, ses dernières ressources. Il a acheté un paquet de tabac; il lui reste seize euros. C'est trop peu pour espérer gagner gros — suffisant, en revanche, pour qu'ils se multiplient, que les seize deviennent cinquante, les cinquante, cent vingt.

Il choisit sa machine. Ce n'est jamais simple, peut-être que celle-ci vous ferait gagner, peut-être aussi qu'elle vous renverrait dans la rue, ne pouvant pas même payer un ticket de métro.

Franz se fie à sa première impression. Depuis cette fois-là, il y a quelques mois; depuis cette fois où il s'était senti attiré, à peine entré dans la salle, par la machine qui a craché le jackpot, il s'est promis de toujours croire en son intuition.

Il s'assied. Les pièces partent dans la fente aussi vite qu'il les a gagnées, aussi vite que le sang monte dans le tube. Un à un, les jetons s'enfuient, ils se perdent dans la machine. Dix euros déjà. C'est énorme quand on n'a plus que ça.

Les pièces entrent. Où disparaissent-elles ? Peut-être faudrait-il changer de machine. Non, s'en tenir à celle-là. Oui, mais s'il perdait tout ? Ne vaudrait-il pas mieux changer de machine ? Non, s'en tenir à celle-là. Son intuition première.

Plus que deux euros et il est à sec. Deux euros ! C'est un monde, tout de même, de prier pour une petite pièce supplémentaire, d'en venir à regretter d'avoir acheté du tabac.

Il joue plus lentement désormais. On n'est jamais pressé de jouer ses dernières pièces. Que fera-t-il s'il perd ? Il rentrera chez lui, dans cet appartement vide qu'on lui a prêté. Il n'y a plus rien à manger dans les placards. Le RMI tombe dans une semaine. Que fera-t-il d'ici là ? Au moins, il a du tabac. Il ira taper un copain d'un billet. Oh, il tiendra bien une semaine, mais si seulement il gagnait, si seulement il pouvait éviter l'humiliation d'aller demander, une fois encore, un billet aux copains.

C'est l'avant-dernière pièce. Et dire qu'avant de se faire pincer, il planquait des liasses dans des matelas, dans des livres. Ce n'est pas humain, la déchéance, pense Franz.

La pièce roule dans la fente. Franz retient son souffle. Il pousse le bouton en plastique. Sur l'écran, les symboles défilent.

Oui ! Il n'en revient pas ! Il a gagné !

Quelle joie, toutes ces pièces qui tombent ! Et dans une semaine, l'Hartz !

Il a de quoi tenir. Il est heureux. Il sort.

VIII

Armand s'est promené dans son nouveau quartier. Il a même acheté un vélo. Il est dix-huit heures. Il retourne vers son appartement. Il est heureux, il commence à s'approprier l'existence qu'il mène ici.

Dans le salon, Tobias fume la chicha. Il pianote, aussi, sur l'ordinateur d'Otto.

— Tu veux du jus, loulou ?

Armand acquiesce ; il ne refuse aucune expérience, c'est un état de découverte.

Les dix minutes sont passées. Armand se sent vivre d'une façon simple et confuse. Ce n'est pas une gifle au coin du visage, seulement une sensation de bonheur un peu floue ; un apaisement stimulé. On se repose comme on danse, assez simplement. On respire avec légèreté. Les premières doses ne font pas l'effet d'une défonce agressive. On est content sans trop comprendre pourquoi. Il n'y a pas l'impression trop violente des autres narcotiques. Avant que l'on en abuse, c'est un état délicatement second. On est heureux, on discute, on baiserait bien, oui, lorsqu'on y pense.

Ils bavardent tous les deux, Armand et Tobias, l'un roulant ses cigarettes, l'autre tirant des bouffées de plus en plus grosses sur un narguilé aux airs de souvenir touristique. Ce qu'il est venu faire ici ? Peindre. Oui, il en faut bien, des peintres. Vivre surtout. Les filles, tu les aimes comment, toi ? Grandes et blondes, un peu pâles, éthérées quoi. Il aime bien quand elles ont l'air perdues parmi les hommes. Tobias en connaît des comme ça ; il lui présentera. Et puis, elles ne sont pas chiantes comme les Françaises.

On en reprend un peu ? Oui, ça fait une heure. Ça pourrait être dix minutes ou deux heures ; on ne sait plus très bien. C'est agréable de ne pas s'en soucier.

— Il doit y avoir un peu de speed dans la chambre d'Otto. Je vais voir, on commence à être crevés. Une petite trace, ça suffit. C'est bon. Non, ne prends pas ton billet, c'est dégueu. Il y a des pailles dans le placard. Oui, coupe-la. Ah, c'est mieux, ça va nous réveiller. Ah, merde, le jus. Je vais faire des vitamines. C'est mieux que le Coca. Ça fait aussi bien passer le goût et tu en profites pour prendre du calcium et du magnésium. C'est important. Quand tu te défonces, faut savoir rester en forme. Je te filerai de la crème pour les mains. C'est important aussi. Le speed, ça dessèche les mains. Tiens, prends tes vitamines. Tu veux combien ? 1 ? 1,2 ? Oui, 1 ça suffit. Tiens. Moi je vais en prendre un peu plus. 1,1, j'aime bien. C'est pas trop et tu les sens plus. Ça fait quatre ans que je prends ça et je n'ai jamais eu de problème. Enfin si, mais c'est autre chose. On fait quoi après ? On va voir Chrissi ; elle a du bon speed. Tu as un peu de blé, toi ? On verra, mais on n'a qu'à prendre deux grammes. Dix euros chacun. On sera bien pour tout le week-end. Chrissi, elle est cool. Peut-être qu'elle nous filera un peu de kéta gratos. Elle a cinquante-cinq ans. Elle est drug-thérapist. Elle s'occupait de moi, tu sais, quand je n'allais pas bien. Je dormais chez elle et je lui faisais des petits plats. Du risotto, des soupes ; des trucs un peu gluants, comme ça. Elle aime bien.

C'est un petit appartement au rez-de-chaussée. Il y a comme une vitrine sur la rue cachée par des rideaux. Les vieilles filles de la défonce se cachent et s'isolent. Il s'agit de ne pas être épié. On papote. C'est un petit monde bien reclus. Dans cet appartement ou dans un autre, on se défonce ensemble sans vraiment s'aimer. On rit peu, on ne partage rien d'autre que nos narcotiques. C'est une petite communauté d'esseulés. Chacun cherche sa propre jouissance d'abrutissement. Les prendriez-vous encore comme amis, tous ceux-là, s'ils n'avaient aucune substance à vous donner ? On partage, on croirait une grande fraternité.

Dans le salon, il y a des toiles posées à même le sol. Quelques livres ; très peu. Comme chez les personnes qui lisent par ennui. Il y a un bureau aussi ; quelques papiers désordonnés — c'est l'usage — puis enfin, un ordinateur qui crache de la musique. Un type est assis là. Il ne parle pas, il choisit des morceaux.

Plus loin, la chambre. Un matelas posé sur le parquet. Chrissi s'y repose ; elle a presque l'air de dormir. C'est la kéta, dit Tobias. Quelques vêtements, un lit, Chrissi dort, c'est tout.

De l'autre côté, la cuisine. C'est là que ça se passe. Sur le haut du frigo, un miroir, une carte et deux tas de poudre blanche, speed et kétamine. À côté de l'évier, sur le plan de travail, une grande carafe de vitamines, trois seringues dans un verre et une fiole de GHB. On se sert, tour à tour, à son rythme, au-dessus du frigo, à côté de l'évier. Tobias et Rémi discutent. Ils ne se sont pas croisés depuis plusieurs mois. Avant, ils faisaient la fête ensemble, à la belle époque, il y a quelques années. Ils prennent des nouvelles de ceux qu'ils ne voient plus. Puisque Rémi vient de Toulouse, ils parlent français. Sophie ? Oui, elle a arrêté, elle a eu un gamin. Elle bosse, tout ça. Marion ? Laisse tomber, elle est à Kottbusser Tor. C'est une façon de dire qu'elle est passée à un autre rythme de défonce, l'héroïne, le crack, les squatt de Kottbusser Tor. Pierre ? On m'a dit qu'il était rentré en Autriche. Oui, Martin, il est sorti de taule ; il fait gaffe.

Armand se sent entrer dans un monde qu'il ne maîtrise pas, dans la petite cuisine de Chrissi. Il ne connaît pas les doses qu'il peut encaisser. Il se promène à tâtons. Il a un peu peur, parfois, puis ça passe puisque l'état dans lequel il se trouve est agréable. Il discute avec Rémi.

On est un peu confinés, c'est étrange. Chrissi nous a donnés du speed puisqu'on lui a offert du jus. C'est difficile de trouver du GHB en ce moment. David s'est fait pincer. On peut en commander sur internet mais c'est un peu risqué, et puis, on n'a pas forcément d'adresse ou de compte bancaire. Lucy en reçoit de temps en temps, faudra l'appeler la semaine prochaine si on ne la croise pas ce week-end.

Tiens, le type de l'ordinateur passe un chouette morceau. On danse. Dehors, il fait nuit. On s'en moque, les rideaux nous protègent. Chrissi dort sur son matelas. Rémi, Gando, Tobias et Armand dansent de toute leur force dans le salon. La porte de la chambre est ouverte. Chrissi n'a pas l'air de se réveiller. Le type de l'ordinateur sourit, pour la première fois. C'est un DJ ou quelque chose dans le genre. Il s'enfouit dans ses machines. Il se défonce moins que nous tous. Seulement, de temps en temps, il se lève de sa chaise pour aller priser une trace dans la cuisine. Puisqu'on danse, il nous regarde en souriant. C'est peut-être ce qu'il attendait après tout.

Le temps passe ; il est bientôt cinq heures. Armand et Tobias vont partir.

— Tu viens ? On y va ? Bah, au Golden Gate. Oh, t'as l'air défoncé toi Loulou. Moi aussi ; c'est la kéta, ça. On est élastique, les jambes en guimauve. Je ne marche plus, je me replie. T'as vu mes genoux, ils rebondissent. À chaque fois, ça me fait peur de ne plus pouvoir marcher autrement. Il est cool hein Rémi. Et Gando, t'as vu Gando ? Il y aura tout le monde au Golden Gate. Il est cinq heures, c'est cool, on va arriver au bon moment. Tu vas voir, c'est que des potes. Ceux qui font la fête. Pas les petits Français. Toi, tu vas faire des ravages avec ta belle gueule. Des filles, il y en a plein. Et des mecs aussi pour moi. Petits, barbus, un peu forts. Oui, faut que je sente leur force. C'est ça que j'aime bien, tu comprends. Je veux qu'ils me prennent comme une pute. C'est Rémi qui disait ça tout le temps. En français. Personne ne comprenait. Au milieu de la piste, il gueulait. Prends-moi comme une pute. Prends-moi comme une pute. Il n'est pas pédé, c'est juste que ça le faisait marrer. T'as faim, toi ? J'ai peut-être faim, moi, je ne sais pas. On passe au MacDo, tu veux ?

Non, t'as raison, on verra après. Et puis, il y a le Burger King à côté du Golden Gate ; au pire, on sortira acheter un truc. Un whooper ou dans le genre.

Non, Rémi ne sort plus, il ne vient pas. Gando ne peut plus rentrer. Chrissi dort. Ils se disent au revoir. Le type derrière l'ordinateur ne sourit plus.

C'était chouette ; il faut refaire ça. Appelle Chrissi, elle a mon mail.

Il n'y a plus grand monde dans le métro. Quelques fêtards, bien peu de travailleurs, des clochards. Armand et Tobias prennent une dose de GHB sur le quai. Il s'agit de sortir le Coca, la fiole de jus, la seringue surtout. Armand a déjà l'air de connaître les gestes. Il ne se soucie plus de savoir qui il est. Il se promène, l'esprit libre et le cœur sec. Il se sent vivre, enfin, un peu plus fort. Il découvre cette face de l'existence que l'on aurait détachée du Temps. Il est 5 h 30, on est défoncés, on commence à sortir — on y est depuis 18 h pourtant mais rien n'arrête notre corps. Il est temps d'aller voir du monde. On s'amuse.

— Alors, on va prendre U2 jusqu'à Alexanderplatz. On change — McDo dans les couloirs ; on prend un cheese — et puis U8 jusqu'à Jannowitzbrücke. Le Golden Gate, c'est pile à la sortie du métro. Sous le pont, tu vas voir. Oui, un petit cheese, ce sera chouette. Je dois avoir assez.

— Comment tu prononces la station de métro ?

— Jannowitzbrücke.

— Iano-

— Oui.

— vits-

— Oui.

— bruqueue. C'est drôle, bruqueue séparé du reste. Attends, j'essaye. Ianolitsbouqueue. Non, pardon, Jannowitzbrüvke. Voilà, je l'ai. Jannowitzbrücke. Tu m'aideras à apprendre l'allemand un peu ? Si je veux rester ici, il faut que je puisse parler. C'est important de parler. On se dit des choses ; on essaye de comprendre les autres. Les ordres aussi. Avec la langue, ce n'est pas toujours évident. On se rapproche de leurs pensées. Encore faut-il qu'ils s'expriment. Oui, c'est ça, encore faut-il qu'ils s'expriment. Ce n'est jamais suffisant d'entendre ce qu'ils nous disent. Quand je peins, je pense à certaines choses, mais je dis quoi au fond ? Je ne sais pas, j'aurais peut-être dû écrire. Ce n'est pas évident de donner tout ce qu'on a, de se foutre à poil, comme ils disent. On se doit d'être sincère. Simple et sincère. Comme les grands. Les autres, les petits, ils mentent, et pour que l'on y croie, ils enrobent le discours d'une démarche faussement complexe. Ils comptent sur notre perte. L'illusion par la perte. Ça fonctionne, tu sais. Et souvent, les personnes se parlent comme ça. Des petites complications inventées pour ne pas trop se dévoiler. Peut-être qu'ils pensent comme ça, je ne sais pas. Ah, pour les choses insignifiantes — mais attention, pas les petites choses de la poésie quotidienne, non réellement, ces discours dénués de sens puisqu'ils sont vides — ces choses insignifiantes, ah ça oui, ils peuvent en parler des heures. La tête vide. Oui, ça doit être ça, la tête vide. Ou pleine de formol.

C'est un trajet bien étrange pour Armand. Alors qu'il parle, il se rapproche des objets du métro. Les sièges des wagons n'ont pas la même couleur, on ne passe pas de tourniquet, un seul quai pour les deux directions, le métro qui arrive par la droite, tout cela, ces habitudes qui ne sont pas les siennes, lui inspire une sensation de liberté colossale.

Changement à Alexanderplatz ; longs couloirs et portes vides. Le reflet des néons scintille sur le sol marbré. On s'y promènerait pieds nus. Quelques effluves de mauvaise nourriture, un escalier puis un autre quai. La carte d'identité d'Armand recourbée, presque pliée. Au milieu une grosse ligne blanche que l'on partage.

— Arrête-toi à la moitié, je prendrai le reste.

Armand s'exécute ; il assimile lentement l'odeur de la pâte polonaise, cette odeur qu'il enfoncera si fort au fin fond de son nez, pendant si longtemps, quotidiennement, qu'elle ne le quittera jamais plus. Ses premiers contacts avec les amphétamines qu'il chérira tant. Le speed est fort, il agresse les narines, il faut s'y préparer.

— Il n'y a pas ce côté anesthésiant de la cocaïne, mais ne t'en fais pas, bientôt, tu ne le sentiras plus. Cette impression que la poudre te monte à la tête comme une fusée. En deux minutes, te voilà frais, capable de danser pendant des jours. Pas besoin d'en prendre toutes les vingt minutes, tu verras, s'il est bon, une trace et puis basta pendant quatre heures ; enfin, seulement si tu ne fais pas le con avec le jus. Prends-le comme un conseil, si tu sens que le jus te possède, une bonne trace de speed et c'est fini, tu retombes sur tes jambes. En revanche, pas d'alcool avec, tu m'entends, pas une goutte, c'est comme ça que les mecs font des comas. Pas d'alcool, je ne déconne pas Loulou, pas une seule bière. Et si t'en a pris trop, que tu t'agites dans tous les sens, que tes muscles bougent tous seuls, une bonne trace de speed et tu redescends.

LE GOLDEN GATE

On entre par une petite porte en métal. Videur barbu et imposant — il étreint Tobias pourtant, avec délicatesse. Il est présenté à Armand en allemand.

— Hallo, ich bin Armand. Ich komme aus Paris. Alles gut ? — la seule phrase qu'il maîtrise.

— Klar !

Après la caisse, à droite, il y a comme un petit jardin où s'entassent des canapés et des fauteuils. Il ne fait pas encore jour, il n'y a pas grand monde dehors. À gauche de la caisse, sous un pont de métro aérien, c'est la boîte. Le couloir est sombre, la musique frappe fort, on descend quelques marches, viennent le vestiaire, un bar au fond, des fauteuils où l'on se repose. C'est festif, moite, hors du temps.

Une autre pièce ensuite. Tout le monde danse, tourné vers le DJ. L'ambiance est sévère, les gestes, répétitifs et saccadés. On danse la minimale, pas comme dans les rares boîtes techno de Paris. Les garçons ne pelotent pas les filles ; c'est comme une retenue déglinguée. On se défonce à tout va, on sort de soi, mais pour être appréciés des autres, il faut se tenir correctement. Armand le comprend vite, il saisit les usages.

À l'étage, les toilettes. On s'y enferme seul, à deux, à cinq.

Les heures passent, le jour se lève. Quelques néons, de la sueur. Les druffis se promènent, déboussolés, d'un endroit à l'autre. Un goût de GHB dans la bouche. Ils ne discutent que par intermittence — ça va toi ? — rappelle-moi ton prénom — oui, je viens de Paris, je suis venu pour peindre — tu veux quelque chose ? — embrasse-moi.

Dans une cabine de chiottes. Il y a de la boue au sol. Armand étreint une fille qu'il ne connaît pas. Il lui donne un peu de jus. Elle s'accroupit, ouvre son pantalon, glisse son sexe entre ses lèvres, un instant, puis elle se relève. Ils vont danser. Déjà, il ne s'en souvient presque plus. Il ne la recroisera pas. Comme tout le monde, il récupère une bouteille de bière vide posée contre un mur. Aux toilettes, il la rince pour la remplir d'eau ; pour s'hydrater, pour faire passer le jus aussi. En quelques heures, on le croirait habitué. C'est un nouveau pourtant. Les autres le savent bien, ils n'ont jamais vu son visage. C'est une petite scène où chacun, à force de se recroiser, finit par connaître tous ceux qui en font partie. Que l'on se dise bonjour ou non on les connaît ceux qui dansent à nos côtés. D'où la Drogensolidarität. Toute une communauté récréative qui se défonce en cœur, entre initiés. Certains se déguisent, porte-jarretelles et bustiers en dentelle ; il y a les confettis que l'on lance en l'air, les boules à facettes aussi. Les jouissances sont synthétiques et démesurées. On pense tout de suite à une nouvelle face de l'existence. Le sentiment de vivre plus fort, la fierté — perverse et déplacée — que cela procure.

Armand et Tobias se retrouvent. Ils dansent l'un à côté de l'autre. Ça fait peut-être une heure qu'ils ne se sont pas croisés. Ils s'agitent sur un morceau particulier, des voix tribales, un rythme fendu.

— Armand, il faut que je te dise, je suis séropo.

Armand arrête de gesticuler. Tobias le prend par la main.

— Aller, viens, on s'en fout, on danse.

Il y a quelque chose d'étrange dans l'idée de cette soirée qui se prolonge sans cesse. Dehors il fait grand jour. Ils ne le voient pas, ils dansent dans une petite boîte sans fenêtres.

— Je t'ai vu avec une fille tout à l'heure. Je ne pensais pas que c'était ton genre.

— Oh, ça ne l'était pas. Elle est gentille, un peu perdue.

— Ouais, je l'ai déjà vue. Elle se défonce au jus aussi. Comment elle s'appelle ?

— J'ai oublié. Elle est gentille. On fume une clope dehors ?

Dans le petit jardin, ils sont des dizaines, assis dans les fauteuils. Lunettes de soleil ou regards troubles. On fume cigarettes et pétards. On n'entend presque plus la musique. Ici, on peut discuter, se reposer un peu aussi.

— T'as toujours la fiole que je t'ai donnée ?

— Oui.

— Il t'en reste beaucoup ?
— La moitié.
— 10 ml chacun. Plus celle de vingt que j'ai laissée dehors. C'est bon, on a assez pour le Berghain. Tu vas voir, le Pano, le dimanche, il n'y a rien de mieux. Il y aura tout le monde, c'est sûr. Je vais te présenter. Tu seras une star.

Quelques morceaux, plusieurs doses de GHB. Tobias parle beaucoup, dans les toilettes, quand il prépare la drogue. Il y a toujours d'autres personnes qui partagent les cabines avec eux. Les discussions sont désarticulées, souvent drôles et insensées.

Ils restent un peu.

Dehors, la lumière flashe les orbites. C'est étrange, ce calme, lorsqu'on traverse Holzmarkstrasse pour rejoindre la station de S-bahn.

— Merde, on a oublié de prendre le jus. Attends-moi, j'arrive.

Comme partout dans cette ville, les rues sont immenses. Armand se sent bien, libre de l'autre côté de la route. Il regarde les autos défiler en cadence. Il sourit. C'est une sensation narcotique qu'il découvre, celle du GHB, hors du temps.

— C'est bon, je l'ai. Une station et on y est. On prendra du jus là-bas. Faut avoir l'air en forme devant les videurs. Pareil que tout à l'heure. Planque la fiole, ta seringue et le speed dans ton caleçon. Ils fouillent vachement au Pano. Il y a les dealers attitrés, tu comprends. Et le jus, faut pas trop en parler. Les gens n'aiment pas ça. Il y a un an ou deux, ils ont eu trop de problèmes. Les ambulances venaient tous les week-ends parce que les mecs ne savaient pas doser ; et puis ils picolaient et tout. Ne le dis à personne, que tu prends du G. C'est bon quand même hein ?

— Oh ouais, la vache.

IX

Tobias reconnaît le type qui sort du S-bahn en même temps qu'eux. C'est Franz. Il va au Panorama, lui aussi. Ils se retrouvent. Ils iront ensemble, Armand, Franz et Tobias. Ce sera un dimanche comme les autres, au Berghain.

X

Armand rentre seul du Berghain. Ça doit faire trente heures qu'il n'a pas dormi. Il se souvient que Sigrid lui a offert son cul dans les toilettes du Panorama. Il se souvient aussi de cette fille brune au Golden Gate.

Il n'est pas fatigué. Il n'a pas faim. Il rentre simplement puisque la soirée a assez duré. Il pense à cette phrase de Goodis qu'il caresse, parfois, entre ses paumes, *à un moment ça devient si moche qu'on a envie de tout arrêter*. La soirée commençait à s'enlaidir, Armand a senti que tout cela tournait, qu'il ne pourrait plus rien attraper d'autre qu'une grosse mélancolie un peu jaune, qu'il fallait qu'il s'en aille, qu'il rentre se coucher.

Il fait nuit dehors. Il aurait pu faire jour aussi qu'Armand n'aurait pas été surpris. Hors de l'Habitude, il est aussi sorti du Temps, cet allié ou cet ennemi, on ne saurait trop le dire. Il y a cette chanson qu'il marmonne, *time won't let us stop*.

Il n'est pas pressé. L'idée de prendre le métro, de se retrouver assis en face de personnes qu'il ne pourra pas fuir, l'angoisse franchement. Il préfère les rues, la dérive du piéton ; on croise des marcheurs, ils ne peuvent pas nous regarder bien longtemps. Ils suivent leur route, eux aussi, vers on ne sait trop quoi. Il n'y a pas ces visages du métro, les juges de la rame.

Armand a toujours aimé l'anonymat des grandes villes. À Paris, il a cru l'avoir perdu, un instant, puisqu'il traînait dans les mêmes quartiers, puisqu'il traînait dans les mêmes bars. Ici, il y a peu de risque de croiser quelqu'un qu'il connaît ; c'est la liberté de l'étranger.

Il ne sait pas trop quel chemin emprunter. La tour d'Alexanderplatz est un bon repère. Où que l'on soit, à Berlin, on peut la trouver à l'horizon. Il marche vers la tour, si droite, si présente qu'il n'éprouve pas un seul instant le sentiment de n'avoir jamais foulé ces pavés-là. Le vent souffle. Il ne fait pas froid ; c'est la clémence de l'automne.

Il traverse, par moments, des rues bordées de terrains vagues, sans éclairage. Au loin, on aperçoit bien une station-service, mais on ne croise aucun promeneur, pas une auto. On croirait à une zone manufacturière au cœur de la cité. Le charme discret de l'industrie.

Armand marche vers la tour de la télévision. Il sent sa fiole de GHB flâner dans sa poche. Dans une heure, peut-être, il sera chez lui.

XI

Tobias et Franz cherchent des personnes avec qui continuer. Quand ils sont sortis du Berghain qui fermait, Armand est parti. Eux sont restés devant, à attendre que les derniers sortent. Il y aura bien un after d'organisé.

Pourquoi s'arrêteraient-ils ? Ils n'ont pas faim, ils ne sont pas fatigués.

Puisque l'on y trouve les personnes les plus glauques de la planète, ces after, dans les appartements, ont toujours ce petit goût d'amertume qui vous pique la langue, qui vous pique les joues. Ce sont des fumées de pipes mal tassées.

Ils se sont retrouvés chez un type qu'ils connaissaient vaguement, à parler de choses insignifiantes.

Ils sont partis.

Maintenant, ils ont faim. Ils ne sont plus très loin de chez Otto. Il y a du bacon. On y va.

XII

Il y avait encore trop d'amphétamines pour boucher ses artères, Armand n'a pas bien dormi. De ce sommeil entrecoupé, angoissant, le sommeil de la fatigue pure qui se bat contre les narcotiques qui encombrent, encore, par à coups, vos viscères.

Quand il s'est levé, cigarette aux lèvres, il fut ému de voir Tobias et Franz dormir, comme deux enfants, sur le canapé du salon. Puisqu'ils étaient encore habillés, il ne devait rien avoir eu de sensuel dans cette couche.

Otto est réveillé lui aussi. Il partage un thé avec Armand, sur le bar, à quelques mètres du canapé. Ils parlent doucement, avec faiblesse presque, pour ne pas les réveiller.

Armand évoque Sigrid. Otto lui sourit. La prochaine fois, peut-être, il viendra avec eux.

XIII

Armand a trouvé un troquet qui lui convient, à côté de chez lui. Il va y travailler ses dessins, tous les jours, après avoir partagé une tranche de bacon et des œufs brouillés avec ses colocataires.

Il aime le chemin qui l'y mène. Schönhauser allee jusqu'à Eberswalder strasse, puis Kastannien allee. Les filles sont plus jolies sur Kastannien allee. Il y a des rues comme ça ; on sentirait presque leurs parfums. Armand aime marcher sur ces trottoirs, croiser les regards, leur sourire du coin de l'œil comme dans un mouvement de paupière.

C'est un trajet auquel il est habitué. Déjà, il connaît les vitrines des magasins. Un baby-foot dans un coupe-tifs, des selles de vélo, en cuir marron, marque Brooks, devant lesquelles il bave et qui sont bien trop chères pour lui.

Il y a ces magasins, puis Kastannien allee et ses jeunes filles blondes, le Doner à l'angle, la friperie où sont accrochés, sur la devanture, des dizaines de T-shirts d'inspiration bolchévique.

Finalement, il arrive dans son bistrot. C'est une

petite salle aux sièges verts ; on croirait un salon russe. La lumière est beige, bien loin de ces ampoules économiques, ces atroces lumières blanches qui vous cognent les pupilles.

Il y a une petite table en marbre sur la mezzanine, la seule où l'on puisse fumer. Armand s'y installe. La serveuse le reconnaît. Il passe la commande en allemand, Tobias lui a appris.

— Hallo, ein Espresso, ein Aschenbecher und ein Chococroissant bitte.

Il est fier de cette phrase-là, de pouvoir s'en sortir, et dans la langue s'il vous plaît. La serveuse lui sourit. Elle trouve ça mignon, cet accent français à couper au couteau. Elle revient un peu plus tard avec un cendrier en verre, un café et un croissant fourré au chocolat. Elle les dépose sur la table et glisse un simple *et voilà*, en français, avec cet accent qu'ont les jeunes filles allemandes, plein de tendresse et de sensualité.

Elle est jolie, la serveuse. Brune, plutôt grande. Elle est douce surtout. Il ferait bon de se reposer au creux de ses reins, au creux de ses seins, cette peau ferme et délicate. Elle a cette sensualité calme qu'Armand aime chez les femmes. La peau de son ventre, ses cuisses, son dos, tacheté de grains de beauté, il les sentirait presque. Son corps tout entier retrace en Armand ses absences, ses privations d'homme seul ;

des égards et des caresses. Elle semble l'y inviter, elle lui sourit. Il se passe quelque chose entre eux, lorsqu'elle arrive à sa table, en portant le petit plateau en métal. Armand n'est pas seul à le sentir, ce sont des impressions qui se partagent.

Elle pose le cendrier, le café, le croissant fourré au chocolat.

— Et voilà...

Armand se sent fondre. Ils se regardent un instant, avec tristesse, comme si, inéluctablement, ils passaient à côté de leurs amours. Elle retourne à son métier de serveuse. Armand dessine, assis à la petite table en marbre.

Une heure plus tard, ils se disent au revoir comme un client dit au revoir à un commerçant. Armand rentre chez lui, il ne regarde plus les jeunes fleurs blondes de Kastannien allee.

XIV

Tobias et Franz sont dans le S-bahn. Le S 41, celui qui encercle la ville comme une petite chaîne en or jaune. C'est une heure de pointe pour les désaxés, quatorze heures, quand commence la journée.

Tobias a perdu son téléphone le week-end dernier. Avec Franz, ils vont voir ce type, Stein, à qui Tobias avait prêté un autre téléphone, il y a quelques mois.

Le S-bahn s'arrête à sa prochaine gare. Deux zigues discutent sur le quai, baskets aux pieds et anoraks démodés. Quand les portes s'ouvrent, ils se séparent et montent chacun d'un côté de la rame.

À Berlin, les contrôleurs des métros sont en civil. Puisqu'il n'y a pas de tourniquet à enjamber, ils contrôlent les voyageurs à même la rame, en resserrant le wagon d'un bout à l'autre. Ils ne loupent pas une amende, ils sont payés à la commission. Ce sont souvent d'anciens truands, c'est un métier de réinsertion. Il faut payer tout de suite, quarante euros, en liquide ou en carte bancaire, sinon c'est le poste de police et tous ses tracas.

Franz et Tobias ont l'œil pointu ; ils n'ont pas de ticket et les quarante euros, ils ne pourraient pas les payer.

Lorsqu'ils ont aperçu le manège des deux types en anorak sur le quai de Landsberger Allee, ils sont sortis, calmement. Ils continueront à pieds, c'est plus prudent. Stein n'habite plus très loin.

Il y a comme une petite part de professionnalisme dans leur fraude. Ils sont attentifs, ces deux loups, ils n'auraient pas pu les manquer.

Ils sont arrivés devant chez Stein. Oui, c'est là, Tobias s'en souvient. Ils n'ont pas le code de l'immeuble. Impossible d'appeler qui que ce soit. Tobias n'a plus de téléphone, et ça fait bien longtemps que Franz a revendu le sien. De toute façon, ils ne sauraient pas quel numéro composer. Ils attendent devant l'immeuble, que quelqu'un y entre, que quelqu'un en sorte. Franz roule une cigarette.

Un type entre. Ils le suivent dans l'immeuble. Ils frappent à la porte de Stein. Une femme Turque vient leur ouvrir. Stein a déménagé depuis un mois ; elle ne sait pas où on peut le trouver.

— Vous n'êtes pas les premiers à le chercher. Je ne sais pas qui est ce Stein, mais il n'a pas l'air bien correct. Il a laissé l'appartement dans un état lamentable.

Tobias et Franz rentrent par le S-bahn, le S42 qui encercle la ville dans l'autre sens. Ils vont manger quelque chose chez Otto.

XV

Armand a acheté un vélo aux puces de Gorlitzer Park. C'est une vieille bicyclette de course. Le cadre est gris ; le guidon, comme des cornes de bélier, recouvert de bandes de plastique blanc. Tandis que ses mains s'y agrippent, la pointe de ses souliers se coince dans les pics métalliques qui jonchent les pédales.

Armand éprouve une impression de sécurité lorsqu'il enfourche son vélo — il ne peut pas en glisser, les fins boyaux flottent sur l'asphalte, accomplissant le chemin d'une route évidente, d'un trajet nécessaire.

Tous les jours, pendant plusieurs heures, il grimpe sur sa monture et se laisse porter, au gré de ses envies. Il choisit les rues qui lui plaisent, les emprunte puis les quitte. Il se perd, roule parmi les autos, parmi les hommes, lentement ou à vive allure. C'est un jeu. Il s'égare, retrouve son chemin sans ne jamais le demander.

Sur sa bicyclette, il se sent seul avec la ville ; il lui parle, il la touche. C'est un plaisir immense quand, alors qu'il était perdu, qu'il arpentait des rues entières sans rien n'y reconnaître, c'est un plaisir immense, dis-je, quand il retrouve sa trace, quand, grâce à une intersection, à un bistrot, que sais-je, une bouche de métro, il sait parfaitement où il se trouve. Il sait à ce moment-là qu'il commence à maîtriser la ville, qu'il l'a séduite, qu'il a toutes les cartes en main pour la pénétrer au plus profond d'elle même.

Il a gagné la bataille ; il flâne un peu, dans les rues ou au bistrot, lové dans ce berceau de macadam qui lui appartient, cette ville où il n'est plus un simple touriste.

En roulant, il s'entraîne à prononcer certains noms. Schlesisches Tor, Schlesisches Tor. Il trébuche sur la langue, la reprend. Il veut connaître cette ville comme on dit d'une fille qu'on l'a connue. La sentir, la goûter, se souvenir, plus tard, de l'odeur de sa peau.

Il flâne en terrasse, sur Oranien Strasse. Il lit un peu, puis il revient à sa bière, aux cigarettes qu'il roule puis qu'il fume en regardant autour de lui.

Il connaît le chemin de retour. Quand il le décidera, il rentrera. Il abandonnera les rues et ses passantes, pour retrouver son lit, en attendant demain.

troisième partie

L'hiver

I

Quand il se lève, sa mâchoire est douloureuse. Il s'étire dans son lit chaud ; les draps sont moites. Il offre son premier regard à la fenêtre, au ciel plutôt, à travers la vitre. C'est l'hiver. Il fait si froid dehors.

Le ciel le nargue. De ciel, il n'y en a pas. C'est comme une grosse cloche grise posée sur la ville. On ne distingue ni soleil ni nuage, seulement cette couverture couleur d'asphalte, un drap que l'on aurait tendu entre les hommes et les cieux, un drap qui retiendrait tous les espoirs. La cloche de détresse.

Armand se redresse un peu. Il allume sa première cigarette de la journée. Le nuage s'envole puis se disperse ; il le regarde monter au plafond comme des rêves brisés. La fumée grise, celle de l'homme seul qui fume et qui regarde, s'écrase lentement dans la chambre. Elle tapissera les murs d'un jaune d'ennui, la couleur de toutes ces heures où l'on a regardé, en vain, la vie manquer d'éclore.

Aujourd'hui, cela fait quatre mois qu'Armand est arrivé.

Il se lève. Une nouvelle journée commence.

II

La rue, depuis quelques semaines, n'a plus la même prestance. Son cœur a gelé, sa peau est couverte de neige. On l'enlève par endroits, sur les routes, devant les magasins, cela donne de la boue, une fine buée où les souliers dérapent.

Ce n'est pas la panique, on est habitué, ici, à chausser des bottes, à saisir une pelle pour désencombrer les portes. Comme une vie parallèle qui s'organise ; on range les vélos et les terrasses, on sort les bonnets et les collants, on se déshabitue de la lumière du jour, on s'invite dans des appartements pour boire une soupe ou une tasse de thé. Les désaxés changent de rythme, il fait nuit à seize heures, mieux vaut essayer de ne pas se lever trop tard. C'est une période de faste pourtant, les boîtes de nuit n'ont jamais été aussi pleines qu'en ces moments-là, qu'en ces moments où chacun y cherche un peu de chaleur.

Armand s'est habitué à cette vie. Il se sent appartenir à une scène. Pour la première fois de sa vie, il a le sentiment de savoir où se trouve sa génération. Il se voit, déjà, raconter à ses enfants les frasques et les erreurs de sa jeunesse. Car même s'il le vit pleinement, même s'il ne pourrait pas, aujourd'hui, vivre autrement, Armand ne s'imagine pas rester ici dix ans, pour crever, tôt ou tard, sous une boule à facette.

Ce n'est pas par dégoût de l'existence qu'il se drogue, non, c'est peut-être plutôt par amour de la vie, puisque ses sensations, ses amours, ses coucheries, ses joies et ses peines sont décuplées. C'est une aventure qu'il provoque ; elle n'en est pas moins noble ou moins réelle. Peu importent les lieux et les substances, car ces sentiments-là, il les porte brutalement en lui-même.

C'est là que se joue toute la différence entre Armand et Tobias : pour l'un, ce sont des sensations extraordinaires, et pour l'autre, c'est là que se trouve la normalité.

Tobias a dû partir de chez Otto, on trouve le temps long à dormir cinq mois sur le même canapé. Il a emménagé chez Franz, dans l'appartement qu'on lui prête. Ils ont passé un marché, Tobias paye l'électricité et il peut prendre la deuxième chambre. C'est à Neukhöln, au sud de la ville, le dernier quartier turc.

III

Il y a cette fille, Sarah, qu'Armand embrasse tous les dimanches, au Panorama. Il n'a jamais couché avec elle dans les toilettes, ce n'est pas le genre. Sarah ne se drogue pas. Pourtant, elle est là, toutes les semaines, à danser avec les autres. Sarah est graphiste ; ils le sont tous plus ou moins par ici. Elle vient seule, sans amis et sans narcotiques ; elle vient simplement, puisqu'elle n'a pas de problème avec elle-même.

Ce soir, Armand a rendez-vous avec Sarah, bien loin du Berghain, à Kottbusser Tor, pour boire un verre. Il est excité à l'idée de la retrouver, un peu inquiet aussi. Tout se joue en lui comme s'il s'éprenait d'elle.

Depuis qu'il est ici, c'est la première fois que ça lui arrive ; il couche avec deux, trois, quatre ou cinq filles par semaine, il est confiant, c'est facile, du sexe direct et brutal, défoncé, dans des cabines de chiottes ; à la verticale, sans protection, quelques coups de bassin comme un intermède entre deux danses. La fille remet sa culotte puis ils sortent des toilettes, sans s'embrasser. La plupart du temps, il s'en souvient à peine, ce sont des scènes un peu floues, avec ces filles dont il ne connaît pas les prénoms.

Mais cette fois-ci, c'est différent. Il va voir Sarah pour boire un verre, pour discuter. D'habitude, il refuse ce genre d'invitations, il ne tient pas à les revoir, les filles du Berghain, il leur a bouffé le cul dans des cabines de chiottes, il les a prises par derrière, sans retenue, c'est déjà bien assez. Mais cette fois-ci, quelque chose l'y pousse. Peut-être est-ce elle, Sarah, après tout.

Ils se retrouvent devant le métro. Il neige. Sarah n'est pas franchement jolie ; elle n'est pas roulée, non plus, comme il en rêverait. Pourtant, il la désire plus qu'aucune autre, puisqu'à chaque fois qu'ils se sont embrassés, il y a eu cette décharge entre eux deux, l'obscur picotement du désir.

Comme deux amis, ils se font la bise. Ils marchent un peu. Entrons ici, dans ce bar un peu branché.

Ils boivent quelques bières. Armand raconte des histoires qui la font rire. Il se sent fort lorsqu'il parle avec elle ; elle l'écoute de tous ses yeux ; Armand brille au coin des pupilles. Quand il ne sait plus quoi dire, il l'embrasse. Il la sent fondre, il sent ce corps qui se donne — après un baiser — entièrement à lui.

Ils vont chez elle.

Il commence à la déshabiller, dans les escaliers. Ils

sont pressés. Elle rit. Armand glisse ses mains sous sa jupe pendant qu'elle ouvre la porte. Il sent ses petites cuisses trembler, sa fente s'ouvrir. Ils se jettent sur le lit ; balancent leurs vêtements comme ils peuvent, s'embrassent encore, se lèchent, se goûtent plutôt et baisent, joliment.

Lorsqu'il la prend, Armand comprend pourquoi il voulait la revoir. Elle ressemble à son ex, Emma, la seule qu'il ait aimée. Ça ne se joue pas dans les traits du visage ou dans la forme des seins. Non, c'est plus fort encore. Elle a le même goût, sa peau, son corps a la même odeur, la même saveur.

Il se rend compte de cela et il jouit, violemment, en Sarah.

IV

L'appartement a l'air spacieux, mais à chaque fois, Tobias et Armand n'en voient que la petite cuisine crapoteuse. C'est ici que Fritz les reçoit.

Fritz est Suisse. Il se dit artiste. Il met en place des installations comme on en voit tant, des amas de bois ou de polystyrène.

Ils discutent un peu, par politesse, pour essayer de rendre cela un peu moins moche, mais ils savent tous les trois qu'ils ne sont pas là pour ça.

Au bout d'un moment, Fritz lance la phrase qu'ils attendaient.

— Vous voulez combien ?

Fritz fournit les petits dealers de boîte de nuit. Son speed est fort ; il le vend à un prix dérisoire, quelque chose autour de trois euros le gramme, en fonction de la quantité.

Tobias et Armand achètent tout ce qu'ils peuvent, ils y placent tout l'argent qui leur reste. Ce ne sera pas un investissement perdu, le speed se vend vite dans les toilettes des clubs, et plus de trois fois le prix qu'il leur a coûté.

Lorsqu'ils rentrent chez Armand, c'est toujours la même histoire, ils se partagent le trésor.

Armand aime bien cette petite activité, remplir des pochons d'un gramme — toujours un peu moins, c'est les affaires — devant sa petite balance électronique. Les calculs vont bon train. On a mis soixante euros, on récupère deux cent quarante et trois grammes pour nous. Ce sera un bon week-end, oui, ce sera un bon week-end. Les entrées, le jus, les cigarettes et les sandwichs, ils pourront tout payer.

On met le speed au frigo pour bien le conserver. Ce sera un bon week-end, oui, ce sera un bon week-end.

V

Juli a dix ans. Elle a compris depuis bien longtemps quel genre d'homme était son père. Elle s'aperçoit que jamais elle ne pourra compter sur lui, qu'il ne sait pas y faire avec les autres, pas plus qu'avec lui-même.

Franz est élégant, il y a quelque chose dans son allure qui ne pourrait jamais laisser supposer qu'il mène ce genre de vie. Mais Juli connaît trop ce regard fuyant, un peu honteux, pour s'y laisser prendre. Elle sait que s'il vient les voir, elle et sa mère, Juli et Martha Krüll, fille et petite-fille du pasteur, s'il vient les voir, c'est parce qu'il a faim, qu'il a tout perdu, puisqu'il finit toujours par tout perdre.

Quand Franz frappe à la porte, avant même d'ouvrir, elles savent que c'est lui. Il a les horaires d'aucun autre, ni du facteur, ni des amis de maman.

Martha est toujours un peu émue quand Franz leur rend visite. Peu importe son état, c'est toujours bon de le voir. Et puis qui sait, peut-être qu'il a changé, ça fait si longtemps qu'il n'est pas venu.

Juli, elle, ne veut pas en entendre parler. Elle ne veut pas qu'il l'embrasse, qu'il lui dise qu'elle a grandi, qu'il l'appelle sa fille. Elle ne veut pas d'un raté comme père. Elle s'obstine à ne plus y croire. Elle sait que maman lui prêtera de l'argent, elle sait qu'elles ne le reverront plus pendant quelques semaines, jusqu'à la prochaine fois. Elle a le sentiment d'une arnaque commise à son égard. Non, elle ne veut pas qu'il lui demande comment ça va à l'école. Elle se débrouille très bien sans lui. Dès qu'il est dans les parages, ce sont les complications. Maman dit qu'elle a la migraine, elle s'enferme dans sa chambre et elle y pleure ; elle prend ses médicaments pour dormir qui font d'elle une autre personne. Tout allait bien mais il a fallu qu'il revienne. Après son passage, notre maison, celle-là même où l'on jouait, où l'on riait, n'est plus rien d'autre qu'un temple de la neurasthénie.

Aujourd'hui, quand Franz est venu, Juli, sa propre fille, lui a dit qu'elle ne voulait plus le voir. Elle lui a donné ses économies, vingt-cinq euros, et elle lui a demandé de partir.

VI

Tobias a invité Armand à venir déjeuner chez lui, chez Franz.

C'est dans une partie de Neukhöln, loin au sud, loin de Kreuzberg et du marché Turc, qu'Armand ne connaît pas. Il a beau avoir regardé un plan avant de partir, en sortant du S-bahn, il se perd. Ce sont de grandes avenues solitaires, désertées par les hommes, des rues qui auraient rendu l'âme. Ni magasins, ni promeneurs, seulement quelques enseignes délavées, et la neige sale, à perte de vue.

Armand allume une cigarette, par réflexe, parce qu'il est seul, qu'il a froid, qu'il ne sait pas où aller. Ce n'est pas évident de choisir une direction au hasard. Ces rues-là ne ressemblent en rien à celles du plan ; elles sont bien plus sinueuses, bien plus vastes, on ne peut plus les suivre du bout de l'index. Ç'avait l'air facile pourtant, en sortant du métro, à gauche puis la deuxième à droite. Mais voilà, des sorties de métro, il y en a plusieurs. Il y en a plusieurs et Armand est perdu.

Un type là-bas. Oui, il y a un type qui traverse. Armand court vers lui. C'est un Turc, il parle allemand mais pas anglais. Armand se sent bien étranger à ce moment-là, comme si la ville tout entière lui reprochait de ne pas avoir fait assez d'effort. Il baragouine trois phrases d'allemand, il ne sait pas se rendre à une adresse qu'on lui a donnée. Ce n'est pas la première fois qu'il se perd, bien sûr, mais cette fois-ci, une angoisse sournoise naît en lui ; une sensation aiguë le prend au ventre, comme quand, gamin, il arrivait en colonie de vacance. Il a égaré ses repères, il ne sait plus très bien qui il est. Il ne connaît pas le lit dans lequel il va dormir ce soir. C'est étrange, il n'est pas chez lui. Il se sent affreusement seul.

Le type qui traversait lui indique son chemin grâce à quelques signes. Armand marche. C'est la bonne rue ; ça y est, il arrive chez Franz.

Tobias et Franz sont assis dans la cuisine. Ils épluchent des légumes. Sur un coin de la table, une fiole de GHB, une seringue et une grande carafe de vitamines effervescentes semblent attendre qu'on les saisisse. Cela compose un tableau bien étrange, cette nature morte, les pelures de légumes, fraîches, comme trempées encore de la rosée du matin et le petit attirail narcotique.

— Viens, Armand, assieds-toi. Prends la chaise, là-bas. Fais-toi un peu de jus Loulou. Tu as faim ?

Depuis qu'ils se connaissent, Tobias joue ce rôle-là pour Armand, il s'occupe de lui, il essaye de lui offrir ce qu'il pense être le meilleur. Il le fait s'asseoir, se défoncer un peu et manger. Ce sont des gestes maternels, désaxés peut-être, mais diablement sincères. C'est ce qu'il connaît de mieux, pour l'âme et pour le corps.

Armand s'exécute. Les gestes, il les maîtrise déjà. Une gorgée de vitamine. Le GHB monte dans la seringue. 0,8, pour commencer, ce n'est pas si mal. Dans sa bouche, il le mélange avec les vitamines. Il avale le tout, puis il boit encore, pour faire passer le goût. Ce goût, il l'a assimilé, il le remettrait entre tous. Il sait parfaitement ce qu'il fait, à quelle substance il a affaire. C'est une drogue qu'il connaît bien maintenant, vu qu'il en prend presque tous les jours depuis quelques mois. En initié, il est entré dans leur petit cercle. Quand il y pense, Armand éprouve un peu de fierté mal placée. On le surnomme déjà G-star dans les toilettes du Panorama. Il est fier de sa maîtrise de l'usage. Il croit avoir choisi la route qu'il emprunte, avec ses compagnons de fortune.

Alors oui, il prend sa dose à peine arrivé chez Franz, puisque cette dose-là, c'est précisément la sienne — comme s'il l'avait bâtie de toutes pièces. Il joue au toxicomane comme certains au garçon de café. Son allure changeante, l'esthétique de la pose, le culte d'une poésie formelle, bien précise, celle de ceux qui vivent pour leurs plaisirs, pour des sensations inconnues. C'est un but d'existence, la recherche sacrifiée de ses jouissances narcotiques. Ne cherchent-ils pas tous à se faire plaisir ? Quoi d'autre pour guider notre vie ? Pour Armand, c'est aussi simple, il n'a jamais ressenti de plaisir aussi intense qu'en cette vie-là. Si, peut-être, lorsqu'il aimait Emma. Mais il l'a perdue. Il essaye autre chose, tout simplement. De sens, il n'y en a pas. Vivons pour ce que nous aimons. À un moment, ç'a été Emma, maintenant c'est le GHB. Il s'y jette corps et âme. La question n'est pas pour lui de savoir si c'est convenable. Cela lui convient, voilà tout. Peut-être est-ce provisoire, peut-être pas. Pour l'instant, il joue au garçon de café.

Ils ont mangé un morceau puis Astrid est arrivée. C'est une copine de Tobias, elle est venue leur couper les cheveux. C'est son métier, elle a apporté une petite mallette en métal avec tout le nécessaire.

Ils discutent et se droguent, sur la petite table de la cuisine. Il y a de la musique. Ils s'amusent avec flegme.

Astrid a vingt-cinq ans. Elle travaille dans un salon à l'Ouest, quelque chose d'un peu huppé. Elle est brune, plutôt jolie, de cette beauté mignonne qui ne vous bastonne pas, des gestes, une façon de vous regarder et de sourire qui la rendent charmante, presque émouvante. Elle a de petites joues rouges, les cheveux au carré ; elle saurait s'occuper de vous, dans un lit ou sur un fauteuil, avec tendresse et attention. Sa peau ne doit pas avoir une saveur incroyable, mais elle est douce pour sûr, suffisamment pour la caresser avec sérieux. Ce n'est pas ce genre de beauté qui promet de grandes aventures, mais une vie sincère et agréable.

Franz la regarde quand elle parle ; il rit à ses blagues, il voudrait la connaître, goûter au repos, à la douceur d'une simplicité aimante. Elle aime couper les douilles, c'est son savoir d'artisan.

On s'y met. Franz va se mouiller la tête, Tobias installe une chaise, dans la chambre, en face du miroir.

Elle a ce geste, lorsqu'elle touche le crâne de Franz, de saisir les mèches, à trois doigts, depuis la racine jusqu'au bout, pour en sentir la longueur. C'est un geste professionnel et gracile, d'une douceur exemplaire.

Franz, assis sur la chaise, la regarde à travers le miroir. Elle se tient là, debout derrière lui, le regard plongé dans ses cheveux. De temps en temps, leurs yeux se croisent à travers la glace ; elle sourit un instant puis se remet au travail. Cela fait bien longtemps que l'on ne s'est pas occupé de Franz comme ça, avec attention et délicatesse.

Elle lui rend service, en amie, alors qu'il y a quelques heures encore, ils ne se connaissaient pas. Elle se rapproche de lui, elle colle son ventre à la chaise, de temps en temps, ses seins effleurent le crâne de Franz. C'est d'une intimité troublante, presque comme une danse ; lui, assis face au miroir et elle, debout, dans son dos. Il la sent respirer et se blottir, presque, derrière lui. Il la regarde dans le miroir et il la trouve belle.

La coupe est terminée, ils se séparent. Les mèches de cheveux morts jonchent le parquet comme les témoins privilégiés de cette intimité. C'est au tour d'Armand puis de Tobias, mais eux ne seront pas cavaliers, ils ne danseront pas avec elle. Elle leur coupera les cheveux, voilà tout.

Ils continuent un peu dans l'appartement, flottant au rythme de la musique et des narcotiques, puis ils s'en vont gaiement, au Golden Gate, portant sur le crâne une toute nouvelle coupe de cheveux.

quatrième partie

« La terre promise recula d'un bond »

I

Quelques semaines ont passé. Armand, dans sa chambre, écrit sur son petit carnet gris.

Enfin des nouvelles de Tobias. Pas très réjouissantes mais rassurantes quand même (je le sentais mort). En taule, au moins jusqu'au 23. Overdose dans le métro + 2000 euros de came sur lui (il dit l'avoir trouvée ; je pense que Fritz voulant arrêter — son pote paralysé (sauté par la fenêtre sous acide) — lui a donné). Sa lettre est un peu confuse. Je n'ai que ça. Comme il me le demande, j'ai dit à Franz qu'il était à Paris ; un peu mal de lui mentir (nous l'avons cherché partout, ensemble, en espérant qu'il ne soit pas suicidé — je pense que c'est aussi ce qu'il avait en tête). J'aimerais aller le voir; il ne veut pas de visite, ne donne pas l'adresse. J'aimerais pouvoir faire quelque chose.

Cette phrase à la fin de la lettre: « la prison c'est l'enfer ».

C'est le malheur qui lui manquait. Quelque chose du sort qui s'acharne sur lui; ce sentiment qu'en plus il s'acharne sur un petit garçon. J'espère qu'il sait au moins qu'il pourra compter sur moi. Je sens que je lui dois quelque chose, que je me dois de l'aider autant que je peux. Pour l'instant je ne peux rien; il en aurait bien besoin pourtant.

Je me retiens, comme si, pressentant que je ne m'en relèverai pas, je ne laissais pas la tristesse s'emparer de mon corps.

II

Dans un Photoautomat. Les yeux écarquillés, Armand regarde le vide de l'objectif. Quatre flashs consécutifs l'éblouissent. Il porte un bonnet rouge ; il fume. Il se lève, écarte le rideau et attend, dans la rue, près de la machine, la bande photographique. Les clichés tombent. Il les regarde, rigole un peu puis les range dans son manteau. Il s'en va. Les trottoirs de Kastanienallee sont recouverts de neige brune.

Dans un centre commercial. Armand est immobile sur l'escalator. Il écoute de la musique au casque. Sa tête s'agite, en rythme. Les mouvements saccadés de son cou puis il descend vers le supermarché. Il tient une liste à la main. Il a l'air perdu.

Dans sa chambre, Armand ouvre deux petits sachets en plastique. Il prépare une ligne de kétamine, puis une autre de speed, sur un miroir. Il enfile les écouteurs de son baladeur et aspire les deux traits. Il peint un peu, sur une planche, à même le sol. Mais ses mouvements créatifs le lassent. Il danse, seul, accroché aux fils de son baladeur, comme s'il voulait agir pour ne rien produire.

Armand arrive à l'entrée du Berghain. Il a l'air un peu amoché, comme si la tristesse avait légèrement modifié les traits de son visage. Le videur le reconnaît ; il sent même qu'Armand a perdu de sa fraîcheur. Il voudrait lui dire, aussi simplement, *aller, mon petit, rentre chez toi. Tu ne peux pas tirer aussi fort, la corde va craquer. On est dimanche, il fait froid mais il fait beau. Rentre chez toi mon petit, tu vaux mieux que ça.* Mais il ne dit rien, c'est son métier de les voir tous, les uns après les autres, franchir le seuil de sa porte.

Armand entre. Cachés dans son caleçon, une fiole de GHB, du speed et de la kétamine.

III

Astrid est venue habiter chez Franz.

Ils se chamaillent un peu, rient et s'embrassent. Il aime sentir son corps frétiller contre le sien. Ils s'approchent et se séparent, se tournent autour comme s'ils voulaient assimiler leurs saveurs.

Comme Astrid ne travaille pas pendant trois jours, ils ne quittent plus leur lit. Ils s'endorment parfois, s'embrassent, regardent des séries télé sur l'ordinateur d'Astrid. Ils font l'amour, hors d'atteinte, entre deux siestes. C'est leur refuge d'amants en découverte, ils n'en sortent que lorsqu'ils n'ont plus le choix, quand il faut aller pisser ou chercher un verre d'eau. Il y a pour eux quelque chose d'évident à être là, à fumer, manger, discuter et se caresser sous la couette protectrice. Il fait si froid dans le monde. Ils s'isolent et se réchauffent. Rester tous les deux, hors du temps.

C'est un bonheur rare que celui-là, l'amour naissant, pur encore de toute contrainte ; on reste des heures entières, ensemble, à ne rien faire, puisque l'on n'a jamais rien connu de mieux. Dans quelques heures, on devra à nouveau affronter le monde, Astrid ira travailler, Franz s'occupera comme il l'entend ; ils seront séparés, alors profitons-en, poser la tête sur son ventre et attendre, calmement.

IV

Armand, seul avec son carnet.

Pas réussi à ne rien prendre cette semaine. Hier, open air ; MDMA, GHB et speed. Se détacher des druffis qui ne m'apporteront jamais rien.

Quelques nouvelles de Tobias par sms. Me demande des choses étranges : sortir tous les trucs du petit-déjeuner sur la table de la cuisine. Je n'arrive pas à me détacher de cette idée de guet-apens. Je devrais pourtant avoir confiance en lui.

Il y en a une jolie et intéressante, désagréable probablement, que je vois sur Kastanienallee. Manteau noir.

Revue vingt minutes après ; trimballe un tube en carton ; je pense qu'il y a quelque chose.

Je me suis lancé ; j'ai le petit plan, l'idée, tout ce qu'il faut en somme, mais ça ne me plaît pas, je ne peins pas bien. Pourtant, je m'y mets sérieusement. Tant que je n'ai pas eu de refus, je n'arrive pas à cerner exactement ce qui cloche dans la série précédente. Si elle était acceptée, est-ce que j'arrêterais de peindre ? Je ne crois pas, mais je continuerais à faire la même merde.

Regardé quelques fois le montage de M. sur internet ; plutôt chouette et incarne, d'une certaine manière, ce que je vis ici. Je manque d'images ; ça m'a fait du bien d'en revoir ; devrais-je faire des photos, des films ? Ce n'est pas un réflexe pour moi ; pourtant je prends plaisir à en voir. J'aime bien profiter de ceux des autres.

Donc tatoué (ça m'en fait cinq) ; les points sur la main, un A sur le pied. À côté des trois autres, bien sûr, ils s'écrasent mais ils ont pour eux le charme de l'artisanat, la conscience que j'ai de les avoir faits moi-même, à l'aiguille et à l'encre de Chine.

Dany fêtera sa première année de drogue au festival fusion.

Perf et pétard (visage bloqué)

Jolie serveuse blonde du Haliflor.

Envie de retrouver mon âme. Je me suis suffisamment fait mal.

Dégoût profond du GHB ; se souvenir de cet état-là si je suis tenté d'en reprendre à outrance.

Besoin de quelque chose d'autre — me re-concentrer sur la peinture (car après tout c'est bien là, je crois, ce que la vie peut m'apporter de mieux), arrêter d'essayer de soigner mes souffrances par le poison ; ces souffrances me font peindre. Je ne veux pas perdre ça. Sans parler du fait que j'abîme mon cerveau; le pianiste qui se coupe les doigts.

Je pense à mon enfance, à mon adolescence (suis-je adulte ?). J'ai un goût sale dans la bouche.

Heureusement qu'il y a les mots pour me sortir de là.

Il y a quelque chose de trop étroit dans l'existence. J'aspire à plus que la vie. (d'où la passion, les drogues, la création)

L'ennui et la tristesse, à la naissance de tout ?

En descente, des envies d'aphorismes. Ils ont l'air de bien sonner. Relire demain.

Les cigarettes que je fume l'une après l'autre et dont je ne me lasse pas.

Il faut toujours que je consomme quelque chose.

J'ai fait la fête ; je ne me sens pas sale pourtant ; non, c'était une purge nécessaire.

Lourd sommeil cette nuit et demain, peinture.

J'aime cette ville, cette vie aussi.

Otto et Claudia sont partis pour un petit boulot dans le Nord de l'Allemagne. Armand est seul dans l'appartement.

Je ne sors pas, je regarde.

Je regarde mon corps, les voisins, les murs de ma cuisine. Je suis seul chez moi ; je ne parle pas. Ça se passe plutôt bien, je pense à mes petits tracas, je fais la vaisselle, je prends des bains. J'écoute de la musique, les lumières sont allumées, je marche tant que je peux. Il faut fatiguer mes muscles avant qu'ils ne fondent. Parfois, je fais quelques pompes.

Je n'y pense pas vraiment, c'est ma vie désormais. J'ai des rituels. Ils me sauvent peut-être, ils sont implacables.

Mais parfois, l'étrangeté de ma vie me saute à la figure comme une bestiole désagréable. Le plus souvent, ça arrive lorsque j'éteins, les lumières ou la musique ; mes présences artificielles ne me protègent plus et je songe, avec mélancolie, à ma solitude, au vide qui m'entoure et me dévore. Le plus souvent pourtant, ce vide, je ne le sens pas ; il flotte autour de moi comme un ami, le compagnon inoffensif de mes tourments.

Les jours s'enfuient sans que je m'en souvienne. Ils se ressemblent trop pour que je les différencie.

Ça fait plusieurs jours que je ne me suis pas lavé. Ma peau colle un peu, particulièrement aux articulations, derrière les coudes, derrière les genoux. Les petites sécrétions de mon corps s'échappent quand je me gratte. Je ne parlerai pas de mon gland, ce n'est pas joli. Et moi, ce qui m'intéresse, ce n'est pas la laideur. Alors, pas de gland. Il suffit d'imaginer, ou si l'on en a un, de tenter l'expérience. On voit ce qui se passe au bout d'une semaine ou deux, disons avec des conditions climatiques normales ; ce n'est pas beau à voir ; non, ce gland-là, on ne se le glisserait pas dans la bouche.

C'est une question de priorité ; parfois, j'aime me sentir sale ; ça vaut pour l'âme et pour le corps. À certains moments j'aime qu'ils soient gras, à d'autres qu'ils soient secs et polis comme les morceaux de verre que l'on ramasse au bord des vagues. J'imagine que des petites paumes me caressent. Elles me poseront au fond d'un bocal ou d'un aquarium avec plein d'autres morceaux de verre inoffensifs, qui, comme moi, ne couperont plus mais décoreront quelques salles de bain ou chambres à coucher de maisons de location, achevant ainsi, immobiles, leur longue épopée maritime.

Je m'envole un peu. Il est temps de faire une pause, de fumer une cigarette.

C'est bon ce tabac chaud qui vous brûle la gorge. Et le papier qui se consume lentement. On ne le dit pas assez, le papier fait toute la différence. Je le préfère blanc, épais comme une feuille à dessin. L'autre, le transparent, il s'éteint. Avec lui, la cigarette perd une de ses plus précieuses qualités, elle cesse d'être le moment, celui que l'on met à la griller, ce rappel métaphorique, je dirais même poétique, au temps qui passe, à la vie qui s'écoule — que l'on tire dessus ou non -, jusqu'à la mort qui brûle les doigts, qui brûle les lèvres. J'aime cette manière de consumer l'existence avec la fumée bleue, celle du cinéma, qui a l'air de courir de la braise au plafond.

Ma douce cigarette que l'on maltraite de plus en plus fort.

La fumée qui nous rapproche des cieux, de la mort ; et ce plaisir gustatif, l'acte de fumer, sans égal.

On blâme celui qui commence pour le style. « Le style c'est l'homme » ; la phrase est si connue que c'est un peu scandaleux de la citer ; dissertation de lycéen.

J'accorde beaucoup d'importance aux cendriers. Je déteste jeter mes mégots dans des verres, dans des canettes ou dans des bouteilles de bière. Non, les mégots, j'aime les écraser, pas dans des capsules ou sur n'importe quelle pierre angulaire, mais dans un cendrier que j'ai soigneusement choisi. C'est tout un contact que j'entretiens avec ces objets-là. Je sens la matière à travers le mégot ; je les caresse un peu quand, en appuyant du bout de l'index, en le faisant pivoter fermement — j'éteins le foyer cendré, cette dernière parcelle de tabac brûlant.

De tous les cendriers que je possède, mon préféré est bien celui que j'appelle le petit doré. Il est circulaire, de la largeur d'une paume, comme s'il avait été fait pour reposer au creux de la main. Il est doré, un peu cabossé ; il a dû souvent heurter le sol, les murs, les visages. On le sent revenu de quelque chose, une terrible histoire quotidienne faite de disputes et de drames ménagers. Il est vieux, le temps l'a noirci par endroits, particulièrement au dos du petit couvercle que l'on rabat. C'est ce qui fait son charme, le couvercle qui, ouvert, offre un reposoir à la cigarette qui brûle, et fermé, obstrue sa partie organique, le réservoir à cendres et à mégots. Quand la cigarette grille, elle ne touche pas le réservoir, n'enflamme pas les mégots qui s'y trouvent et, plus important — ce qui fait que ce cendrier, aussi loin que je m'en souvienne, a toujours trouvé sa place auprès de mon lit — la possibilité de fermer le couvercle, cette idée géniale du rabat qui bloque les émanations néfastes du tabac froid, une odeur désagréable qui pique les narines.

C'est le seul objet que j'ai pris dans ma fuite ; quand je suis allé vivre avec Emma.

Je l'ai aimée fort. Elle me hante.

V

Armand est au bistrot quand Tobias lui téléphone.

— Ah, je suis content que tu m'appelles. Ça va ?

— Oui. Le jugement s'est bien passé. Ils m'envoient en désintox. Ça peut pas être pire que la prison. Tu sais, j'ai essayé de me buter. Avec les Russes de ma cellule, on a déchiré les draps pour se pendre avec. Mais il y a un maton qui nous a cramé. Bizarrement, je crois que ça a joué en ma faveur. Au jugement, ils ont dit que j'étais un drogué ; qu'il fallait me soigner. Je vais rester un mois en désintox. Tu me manques Loulou. Ça va toi ? Tu fais bien la fête ?

— Oui, trop. Je veux faire une petite pause.

— Pourquoi ?

— Dimanche dernier, quand je suis arrivé au Pano, il y a dix personnes qui m'ont dit « Putain Armand, t'étais trop marrant la semaine dernière, quand t'étais torse nu dans les chiottes et que tu sautais partout ». Je me souviens de rien putain. Je me souviens pas de trente-six heures de teuf. Ça me fout les boules.

— Quand je sortirai, tu viendras avec moi quand même ?

— Oui, mais faut qu'on y aille moins fort. Regarde dans quelle merde ça nous met.

— On fait une bonne équipe quand même.

— C'est vrai que c'est cool. Je peux pas venir te voir ?

— Je ne veux pas que tu me voies comme ça. Et puis je sors dans un mois.

— Appelle-moi d'ici là.

— Les autres, ils ont demandé de mes nouvelles ?

— Oui, j'ai dit que t'étais à Paris.

— Merci Loulou. Aller, faut que j'y aille. Je t'embrasse.

Armand raccroche. Il y a quelque chose d'émouvant à entendre une voix si lointaine. C'est une belle saloperie qui lui arrive, pense Armand, c'est une belle saloperie qui nous arrive. Tout cela pour quoi ? Pour danser, les bras en l'air, avec les autres. Oui, tout cela pour lever les bras au ciel, se sentir un peu plus fort et baiser dans des cabines de chiottes. Pour la première fois, Armand perçoit les limites de cette vie-là. Des boutons lui poussent au coin de la figure. Ça ne vaut pas le coup de se détruire si fort, pense-t-il, de se détruire si fort pour une jouissance factice, synthétique. Tobias est en prison, parce qu'il a voulu lever les bras au ciel, parce qu'il a voulu danser plus longtemps, plus fort aussi. Trop fort, trop longtemps. Il y a une sorte d'injustice là-dedans. Les malheureux sont punis puisqu'ils ne savent pas y faire avec leur existence. Les désaxés sont déclassés. Ils pourrissent comme de la vermine, dans des petites cellules puantes, les cellules des violeurs et des sournois ; on les traite comme ces sales types, les conspirateurs, les scélérats. Ils ne sont rien de tout cela pourtant, ce ne sont pas de mauvais zigues, seulement, ils auraient voulu un peu plus de tendresse, une place dans le monde, un fauteuil ou simplement un banc, un strapontin où s'asseoir dignement. Inutiles, ratés, parasites, s'ils bâtissaient une armée... S'ils bâtissaient une armée, ça péterait bien fort. Plus fort qu'on ne le pense. Ils traverseraient les villes et les campagnes, ils marcheraient sans répit à la conquête d'un ordre nouveau. Une armée boiteuse, un peu mal fichue, tous les loosers de la planète réunis en un seul régiment. Voyous, perdants, artistes et serveuses, clochards, déshérités, femmes de ménage, portiers de nuit, fêtards, plombiers et scribouillards, ils marchent, ensemble, en cadence, pour se faire la place qu'on ne leur a jamais donnée. Ils avancent, avec leurs armes de fortune, tubes d'échafaudages, bambous et bombes à poivre. Cachez-vous, ils arrivent ; les oubliés se rebellent. Employés des postes, chômeurs de longue durée, balayeurs, ils avancent vers ce pouvoir innommable, ce pouvoir qui enferme les garçons comme Tobias. Ils ne savent pas où frapper, ils vont tout brûler. L'humiliation a trop duré. Des braises, ils reconstruiront quelque chose de neuf. Ils sont enragés, ils vont tout brûler. Des tas de cendres, des tas de cendres où ils pourront s'asseoir. Armand y pense. Il sourit et il pleure. Il rentre chez lui.

VI

Astrid est partie travailler. Franz s'ennuie. Il pourrait aller jouer, l'Hartz est tombé hier. Mais pour la première fois depuis bien longtemps, il a peur. S'il perdait, comment lui dirait-il? Astrid, ma petite chérie, j'ai tout paumé, pas un rond ne rentrera pendant un mois. Il faut que tu me payes mes clopes et ma bouffe, l'électricité et les extras.

Il sait qu'elle le ferait. Mais il ne peut pas, il ne peut pas lui demander ça. La petite Astrid, si douce, si jolie; elle doit couper des cheveux à l'heure qu'il est, raconter à ses collègues peut-être qu'elle a rencontré quelqu'un, un garçon un peu perdu; mais il la fait rire; c'est si bon de se reposer dans ses bras forts.

Non, il ne peut pas lui faire ça. Il aurait trop peur de la perdre, elle aussi. Ces quelques jours passés avec elle étaient si doux, si simples pourtant, la joie de sentir que l'on ne marche plus seul dans ce monde.

Il y a une gentille fille sur qui il peut compter. Mieux ne vaut pas la décevoir. Il n'ira pas jouer. Il se promènera; tiens, il lira, ça fait si longtemps.

Il pense à Astrid, ses petites mains blanches, un peigne, des ciseaux, ces mèches de cheveux qu'elle tient entre trois doigts, son sourire, ses seins, son ventre et son rire. Peut-être est-il heureux en fin de compte. Il y pense, ses yeux rayonnent; il fume. Il n'ira pas jouer.

VII

Les murs sont un peu plus blancs ici, moins crasseux, plus cliniques. Les matons arborent des blouses immaculées, ils n'en sont pas moins violents, pas moins portés sur l'humiliation. Comme en prison, il a droit à deux promenades dans le parc, une à onze heures, l'autre à seize heures ; les horaires sont aussi stricts, réveil six heures, extinction des feux à vingt et une heures. La nourriture est aussi dégueulasse, les personnes avec qui on la partage, au réfectoire, les autres enfermés, ne sont pas plus rassurants que les taulards. Ici, comme en prison, il voit un psychiatre tous les deux jours, on lui donne des gélules pour dormir, d'autres pour se réveiller.

Il y a une différence pourtant, ici on regarde Tobias comme un malade et non comme un truand. Il y pense, en dehors de la sale *grippe*, serait-ce ça le problème, une vilaine maladie qu'il traîne depuis l'adolescence ?

dernière partie

Printemps

I

Peu à peu, les jours commencent à reprendre l'allure qu'on leur connaissait. Les neiges ont fondu, les trottoirs se dénudent. Le soleil se montre, fier, revenu de je ne sais où, cette antichambre de l'enfer où il avait sombré. Les arbres des boulevards posent, sans trembler, puisqu'il leur pousse de nouvelles fleurs, de nouvelles feuilles. Les hommes font du vélo, ou marchent simplement, têtes nues, avant de s'asseoir en terrasse. Il y a comme une mélodie dans l'air, quelque chose que l'on fredonne du bout des lèvres, en regardant les autres vivre. Les neurasthéniques oublient pour un temps le calvaire de leur condition, comme nous tous, ils sortent et sirotent l'air du temps. La clémence s'empare des corps, elle souffle sur les nuques comme un vent de liberté. Ah ce qu'il est bon de se sentir vivre dans un monde qui ne vous recrache plus.

Les premiers jours du printemps, comme une révolution douce, renversent l'ordre établi. Il faut en profiter, c'est une chaleur qui en vaut la peine.

II

Armand a fait quelques emplettes. Ce week-end, il sort, jusqu'au bout, du jeudi soir au lundi matin. Il culpabilise un peu, mais il sait que c'est bon, parfois, de se faire mal. Le week-end dernier, c'était la première fois qu'il ne sortait pas depuis qu'il est arrivé. La première fois aussi qu'il ne se droguait pas. La seule en huit mois. Quand même ! quand il y pense...

Oui, mais ce soir, ce sera chouette ; ils seront tous là, ils le reconnaîtront. Il dansera, hors du temps, dans le monde irréel des druffis.

Armand arrive au Golden Gate. Le videur lui serre la pince ; c'est comme s'ils se connaissaient vraiment bien maintenant ; parfois, ils se droguent ensemble.

Il entre, le bain de foule l'enivre. Il redécouvre la défonce conviviale, tous les habitués de la scène qui le saluent et lui offrent quelques prises dans les toilettes. Il danse à n'en plus pouvoir, baise dans les cabines pleines de boue. Il se fait plaisir et il s'abîme. On retrouve sur son visage un bon sourire. Il a comme un sentiment de nouveauté, comme si, enfin, il se remettait à vivre.

Il se défonce de plus en plus fort, jusqu'à en oublier son corps. Il danse. Il danse, c'est tout.

Armand sort du Golden Gate, les yeux grands ouverts, comme s'il revenait d'un rêve.

Tobias avance vers lui, il porte un sac à dos.

— Je savais que tu serais là.

— Ah, je suis bien prévisible.

— Je viens de sortir. Je suis content de te voir Loulou.

— Ah, moi aussi. Ça va ?

— Je sais pas, je me sens bizarre.

— Viens, on marche un peu.

— Parle-moi d'autre chose, parle-moi de ce que tu fais. Tu peins en ce moment ?

— Oui, j'ai eu une bonne phase pendant quelques semaines. J'ai compris un truc, je crois. Tu vois, je n'ai jamais aimé ma génération. Facebook, les textos, tout ça, ça manque de romantisme. Et puis, en venant ici, en découvrant la techno et cette scène-là, je me suis senti appartenir à ma génération. Et je crois qu'il faut être moderne, absolument moderne.

Alors, comme je suis fier de ma génération, j'ai décidé d'arrêter de fuir la modernité. Je veux m'abandonner à elle. Je veux m'abandonner à la modernité. Je sais plus qui disait ça mais c'est un truc dans ce genre : qui met sa main dans la roue du temps se fait arracher le bras. J'appartiens à mon époque ; on a notre musique et nos drogues. Et je ne voulais pas ressembler à tous ceux qui parlent de ça, mais je n'ai pas le choix ; c'est ce que je connais, je dois peindre ce que je connais. Alors faut essayer de pas trop faire de la merde, on va essayer de trouver un peu de poésie dans ce foutoir. Parce que je suis le fruit de mon époque. Pourtant, j'aime les vieux trucs ; je lis jamais un mec vivant, ils m'inspirent pas confiance. Mais au moins, dans ce que je vais essayer de créer, faut que je m'interdise de fuir la modernité. Faut s'attaquer à ça. C'est pas facile parce que c'est moche. Mais il faut s'y attaquer, on n'a pas le choix. Tu vois, Proust, quand il parle du téléphone, c'est super beau. Faut que je repense toute ma peinture. Faut que je sois de mon époque parce qu'on est de notre époque. C'est aussi simple que ça, mais je l'avais pas compris. Et ça c'est quelque chose qui a changé en moi. Je m'abandonne à la modernité, j'arrête d'essayer de la fuir. Parce qu'on vit des choses quand même ; il y a des trucs à dire. Viens on marche encore un peu. Tu veux venir à la maison ?

III

Dans le carnet d'Armand.

Depuis hier soir, Tobias reprend ses habitudes de speed, de GHB et de kétamine. Il a l'air heureux d'y revenir (après l'enfermement) ; d'une certaine façon, je le comprends.

Jeudi déjà, en sortant, pensait à l'after de dimanche. C'est sa vie, je veux dire que c'est cette vie-là qu'il maîtrise, aucune autre. « Hâte de revoir des gens normaux » en parlant des druffis. Il n'aura plus jamais ce recul que j'ai encore et qui me fait dire que ce n'est pas à proprement parler « normal ».

Il fait froid mais je vais rester en terrasse ; j'ai besoin d'air. Les filles sont blondes sur Kastannienallee.

Culpabilité quand je ne peins pas ; reste de khâgne ?

De toute façon, peu de jours où je ne peins pas (du tout). Peut-être mauvais, peut-être que c'est parce que je ne cherche pas suffisamment à dire l'essentiel. Je remplis des toiles blanches mais je ne dis rien. Ah, je préférerais lutter contre un manque d'inspiration et quand je peins, ne peindre que l'essentiel.

Cette grosse solitude (mêlée à un vent de liberté)

Pourrais-je revenir à une vie normale ?

En terrasse, un vieil homme seul feuillette un livre ; sur la tranche, je déchiffre : Alone in Berlin.

Seul obstacle à une vie errante : le poids des livres.

Cet ouvrier obèse qui travaille et transpire.

Au fil de ce carnet, plus j'avance, plus je me rétracte. En échos, ma vie.

Étude des personnalités en fonction des drogues qui leur conviennent (les villes aussi)

Que ferais-je de mes journées si je ne lisais pas ? La drogue à coup sûr.

Ce que j'aime dans la cigarette, c'est le côté satisfaisant de la pause (la pose aussi). On est fier, clope au bec, on attend, on fume.

J'ai de plus en plus de mépris pour la mollesse. Les mous m'irritent. J'aime l'écorché, le dépressif m'exaspère. Égocentrisme du dépressif ; en cela, il n'a rien du torturé.

Fierté du serveur comme rempart nécessaire à l'aspect humiliant de sa profession.

Les hommes à femmes et à chiens.

Allemandes à l'air rayonnant, amoureuses, un jeune enfant à l'arrière de leur vélo.

La satisfaction de l'occupé cf. Proust p. 1534 : « … et aussi à cause de la satisfaction qu'ont les hommes "occupés" — fût-ce par le travail le plus sot — de "ne pas avoir le temps" de faire ce que vous faites. »

IV

Ce soir, Tobias et Armand dînent chez Franz. L'appartement a quelque chose de plus sain depuis qu'Astrid y habite ; ça et là, des affaires de femme, comme des décorations discrètes. Une robe, une paire de bottes, posées à même le sol, purifient l'air du salon ; on sait que Franz n'est plus seul face à son existence, il marche avec elle — une robe, une paire de bottes, posés à même le sol comme les témoins de son bonheur, de son apaisement.

Le dîner est sympathique. On se drogue sans emphase. On discute d'une vie nouvelle. Tobias a apporté son sac ; demain, à six heures, il prendra un train pour Cologne. Un travail et un appartement l'y attendent ; une assistante sociale s'occupe de lui, elle a tout arrangé. C'est leur dernier soir ensemble, Tobias quitte Berlin et ses fêtes. Il a l'air ravi, il en parle comme d'une renaissance, se retrouver avec lui-même, loin des tracas des néons et des boules à facettes. Cette fois-ci j'arrête *vraiment*, lance-t-il. Ce soir sera ma dernière fête. Je veux rester avec vous encore un peu, jusqu'à mon train. Puis je commence une vie nouvelle. Je vous écrirai.

Astrid, Franz et Armand s'égarent dans ce qu'ils

éprouvent, la douce mélancolie de voir un ami partir vers une vie meilleure.

On parle de nos souvenirs, des frasques de cette vie distillée que l'on a partagée. Une inondation chez Franz, alors qu'ils rentraient de fête, les canalisations qui ont explosé sans qu'ils ne s'en rendent compte puisqu'ils étaient trop embrumés. Le parquet en porte encore les cicatrices. Cette fois aussi où Armand s'était écroulé de sommeil, en dansant, sur la piste du Panorama. Ils en parlent comme s'ils étaient revenus d'un long voyage, avec tendresse et nostalgie.

Ce soir c'est la réouverture du Bar 25. Une dernière fête et Tobias prendra le train de 6 heures, pour Cologne.

Le Bar 25

Puisque tout est en extérieur, l'endroit est fermé l'hiver. Au bord de la Spree, c'est une boîte à ciel ouvert. Deux bars çà et là, comme de petits bungalows, une balançoire accrochée aux branches d'un vieil arbre. On s'y promène et on discute, comme dans une petite fête foraine pour adultes. Il y a des confessionnaux où l'on se drogue ; un toit aussi, qui abrite le DJ et la piste de danse. Il souffle ici un vent d'étrange liberté, chacun fait ce qui lui chante ; ce serait comme un petit parc où les druffis jouent tous ensemble. Il y a un air de fête, des confettis ; une piste de danse comble, les meilleurs DJ du moment, et tous ces endroits où l'on peut se promener ou s'asseoir. Les fêtes y durent tout un week-end, parfois plus, jusqu'au mardi. Il y a des casiers pour laisser ses affaires. Les plus aguerris emportent avec eux une brosse à dent et du déodorant, pour cette petite excursion de plusieurs jours. Tout le monde est heureux d'être ici, c'est une ambiance qui vous happe ; on sourit et on danse. Les jardins d'enfant de la défonce.

Armand, Franz, Astrid et Tobias dansent. Ils se défoncent, on connaît la musique.

À quatre heures, Franz et Astrid s'en vont. Ils embrassent Tobias et lui font promettre de leur écrire.

À 5 h 30, Tobias décide de prendre le train de 9 heures. Avec Armand, ils dansent.

À 9 heures, Tobias repousse encore, il y a un train à 11 heures, il prendra celui-là.

Armand ne parvient pas à le raisonner. À midi, il part ; Tobias est toujours là, à danser, des paillettes sur la figure.

Ils ne se reverront plus. Armand ne veut pas s'abandonner à ce point. Dans le S-Bahn vers l'aéroport, il se fait contrôler, pour la première fois en un an.

Dans son carnet gris, on peut lire :

Travailler, payer des amendes, mourir ensuite, pour voir ce que ça fait.

C'est quand même con tout ça. Pour vouloir sortir de soi.

« À un moment, ça devient si moche qu'on a envie de tout arrêter. »

ACHEVÉ D'IMPRIMER NON PAS DEMAIN,
MAIS EN AVRIL DEUX MILLE TREIZE.
PAS À BERLIN NON PLUS, MAIS À MAYENNE
PAR L'IMPRIMERIE FLOCH. C'EST COMME ÇA.